T0293997

¡Buen camino, Jacobo!

Editorial Bambú es un sello
de Editorial Casals, SA

© 2020, Fernando Lalana
© 2020, Editorial Casals, SA, por esta edición
Casp, 79 – 08013 Barcelona
Tel.: 902 107 007
editorialbambu.com
bambulector.com

Ilustración de la cubierta: Miguel Bustos
Diseño de la colección: Estudi Miquel Puig

Primera edición: febrero de 2020
ISBN: 978-84-8343-600-4
Depósito legal: B-1121-2020
Printed in Spain
Impreso en Anzos, SL
Fuenlabrada (Madrid)

Cualquier forma de reproducción, distribución, comunicación pública o transformación de esta obra solo puede ser realizada con la autorización de sus titulares, salvo excepción prevista por la ley. Diríjase a CEDRO (Centro Español de Derechos Reprográficos, www.cedro.org) si necesita fotocopiar o escanear algún fragmento de esta obra (www.conlicencia.com; 91 702 19 70 / / 93 272 04 45).

¡Buen camino, Jacobo!

Fernando Lalana

PRIMERA PARTE:

JACOBO

(En la que se habla de Jacobo
y de cómo era Jacobo)

JACOBO

Jacobo era gordo.

Fue gordo desde que nació. Fue un bebé rollizo, de esos que tienen las pantorrillas como morcillas de arroz. Y cuando creció, se puso aún más gordo.

Durante los años en que Jacobo estudió en la escuela de Canfranc, su pueblo, nunca participó en carreras de sacos, ni jugó jamás a «tú la llevas» ni, mucho menos, se apuntó a las competiciones ciclistas que organizaba don Ansaldo, el maestro.

Sin embargo, Jacobo no era un niño perezoso. Simplemente, estaba condenado a no hacer ejercicio.

Y es que, además de un apetito formidable, Jacobo sufría una extraña dolencia que ninguna otra persona del mundo, que yo sepa, ha padecido hasta ahora.

Jacobo se enteró de su enfermedad poco después de cumplir los seis años, cuando recibieron en su casa la visita de la tía Victoria.

LA TÍA VICTORIA

Era hermana de la madre de Jacobo, y aquel verano, inesperadamente, se presentó en Canfranc, dispuesta a pasar las vacaciones en casa de su familia.

La tía Victoria era enfermera del Hospital Militar de Zaragoza y, claro está, sabía un montón de cosas sobre medicina e higiene. Pero, además, tenía un genio de mil demonios. Normal: la tía Victoria se pasaba la vida rodeada de soldados, sargentos y generales. Los generales tienen muy malas pulgas, sobre todo cuando les duele el estómago o el enemigo les ha acertado con un tiro en los glúteos. Por eso, de tanto cuidar a militares cascarrabias, a la tía Victoria se le había «agriado el carácter», como decía la madre de Jacobo.

Pues bien, aquel primer día de las vacaciones, la madre de Jacobo aseó a sus cinco hijos, los peinó y los preparó para recibir a su hermana.

La tía Victoria se deshizo en elogios hacia Manuela, Gabriela y Cósima, las hermanas de Jacobo. Las achuchó entre sus brazos y les lanzó mil piropos. Las llamó encantos, princesas, hermosuras del amor hermoso y otras cosas empalagosas. Y les dejó a las tres la cara llena de manchurrones de carmín.

Luego le estampó también dos besos en las mejillas a Bartolomé, al que todos llamaban Bartolo, el hermano mayor de Jacobo, que tenía nueve años. De Bartolo dijo la tía Victoria que era guapo, guapísimo, como Tyrone Power.

Y, por fin, la tía Victoria clavó sus ojos azules en Jacobo, que esperaba su turno en posición de firmes, sudoroso, congestionado, coloradísimo, resoplando como un búfalo, con el pescuezo oprimido por el corbatín anudado en torno al cuello de su camisa.

–¿Y a ti qué te pasa? –preguntó la tía Victoria, extrañada por el aspecto de su sobrino.

–Nada, tía... –respondió Jacobo, con un hilillo de voz.

La enfermera militar frunció el ceño, puso los brazos en jarras y sentenció:

–Este niño no está bien.

–Victoria, mujer, no le digas esas cosas al chico, a ver si lo vas a preocupar –le pidió la madre de Jacobo.

–Es que a este niño le pasa algo raro, hermana mía, que te lo digo yo, que de esto sé un rato.

–Bueno, y... ¿qué crees que le ocurre?

En lugar de responder, la tía Victoria se plantó ante Jacobo y comenzó a examinarlo con detenimiento. Le palpó la cara regordeta; le puso la mano en la frente, le observó con atención el fondo de los ojos, le hizo sacar la lengua, le mandó toser y, por fin, le pellizcó las mejillas, produciéndole unas hermosas ronchas rojas en los carrillos.

A esas alturas del examen, Jacobo estaba a punto de echarse a llorar. Fue entonces cuando llegó el diagnóstico de tía Victoria. Contundente, como un puñetazo entre los ojos.

–Está clarísimo: este chico tiene gonfletes.

–¡Jesús! ¡Gonfletes, nada menos! –exclamó la madre de Jacobo. Luego, parpadeó–. ¿Y eso qué es, hermana?

–Un mal muy poco corriente.

–Entonces... ¿me voy a morir? –preguntó Jacobo, cuya piel había pasado en un instante del rosa fuerte al blanco cera.

Su tía lo miró de arriba abajo. Y exclamó:

–¡Pues claro que te vas a morir!

–¡Aaah! –gritó Jacobo, llevándose las manos al pecho.

–¡Tú, yo, tu madre y tus hermanos! ¡Todos nos vamos a morir, memo! ¿No sabes que el ser humano es mortal por naturaleza?

Jacobo volvió a respirar.

–Quería decir que si me voy a morir pronto, por culpa de los gonfletes.

Tía Victoria gruñó bajito.

–Lo cierto es que no conozco a nadie que se haya muerto de gonfletes.

–¡Menos mal! –exclamó la madre de Jacobo.

–¡Pero para todo hay una primera vez! –contraatacó su hermana–. Cualquier enfermedad, por leve que sea, puede desembocar, si no se trata correctamente, en una dolencia grave y llevarte a la postración, el desahucio médico, la agonía, la muerte y, por fin, la putrefacción. Lo de los gusanitos y eso, ya sabes.

Jacobo sintió tal mareo que tuvo que ir a tumbarse en el sofá, con los pies en alto.

–Pero a mi hijo no le va a pasar nada de eso, ¿verdad, hermana? –dijo doña Manuela, de mal talante.

–Si se cuida, no.

–¿Y qué hago, tía? –preguntó Jacobo, ansiosamente–. ¿Qué hago para no morirme?

–No debes hacer nada.

–¿Nada?

–Nada en absoluto. Debes llevar una vida tranquila y ordenada. Sin esfuerzos innecesarios, sin sobresaltos, sin sudores, sin palpitaciones...

–¿Puedo jugar a la pelota?

–¡Por supuesto que no! ¿Es que no me estás oyendo? Nada de fútbol, ni carreras ni saltos ni empujones ni gritos. ¿Estamos? Nada de nada de todo eso. Tranquilidad absoluta, sobrino. Esa es la mejor receta para los gonfletes. El único remedio.

Desde aquel día, Jacobo se convirtió en un niño tranquilísimo. Cada vez más gordo y más tranquilo.

Un niño con gonfletes.

CANFRANC

El pueblo de Jacobo no era un pueblo como cualquier otro. Desde la Edad Media, Canfranc había sido un pueblo importante del Camino de Santiago: el primer pueblo que encontraban los peregrinos si entraban a España por Aragón, por el paso del Somport.

Desde hacía siglos, para los vecinos de Canfranc era cosa muy habitual ver peregrinos recorriendo la calle Mayor del pueblo.

LAS AMIGAS DE JACOBO

Jacobo tenía catorce años cuando terminó sus estudios en la escuela.

Como tenía gonfletes no podía trabajar en cualquier cosa, así que su padre lo puso a cuidar las vacas. Al punto de la mañana, Jacobo abría la puerta del establo y acompañaba a su rebaño de doce vacas hasta un prado cercano al pueblo para que pastasen. Cuando caía la tarde, Jacobo volvía a casa, seguido por sus pacíficas vacas.

A veces, Jacobo veía pasar a lo lejos a un peregrino que marchaba hacia Santiago de Compostela. Se ponía entonces en pie y agitaba su sombrero hacia el caminante.

–¡Buen camino! –le gritaba Jacobo–. ¡Buen camino!

Y siempre, siempre, el peregrino le devolvía a Jacobo el saludo con un gesto del brazo.

A Jacobo, los peregrinos le daban envidia. Él nunca podría recorrer el Camino de Santiago, por culpa de los gonfletes.

Malditos gonfletes.

LA «MILI» EN DOS PALABRAS

Pasaron los años.

Jacobo cumplió los quince y los dieciséis. Y un año después de los dieciséis, curiosamente, cumplió los diecisiete.

En aquel tiempo, todos los chicos españoles, al cumplir los diecisiete años tenían que hacer el servicio militar. O sea, la «mili». Si no sabes qué es la mili, pregúntaselo a tu abuelo. O al abuelo de tu mejor amiga.

Aunque... por si acaso no tienes un abuelo a mano, te voy a explicar lo que era la mili en dos palabras.

La mili era algo parecido a jugar a la guerra, te gustase o no, durante un par de años. Había que vestirse de soldado y aprender a desfilar sin perder el paso. Había que tener las botas siempre muy limpias y el fusil preparado. Había que vivir dentro de un cuartel lleno de chicos como tú, todos vestidos de soldado. Un cuartel que casi siempre estaba en un sitio muy raro, como El Aaiún o las islas Chafarinas. Aunque también había cuarteles en sitios normales como Toledo o Barcelona.

Bueno, pues eso era la mili.

A Jacobo no le gustaba la idea de hacer la mili, pero no le quedaba otro remedio, porque era obligatoria. Y así, un día de primavera se subió al tren en Canfranc y se bajó cinco horas después en la estación del Arrabal, en Zaragoza.

Al bajar del tren, lo estaba esperando su tía Victoria.

–Hola, sobrino. ¿Has seguido mis instrucciones para no morirte de gonfletes?

–Pues claro que sí, tía. ¿No ves que sigo vivo?

–Sí, ya lo veo: vivo... y gordo como un trueno.

Jacobo y su tía salieron de la estación y subieron a un taxi.

–A la Gran Vía, número veintiocho –le dijo ella al taxista.

–¿A dónde vamos? –preguntó Jacobo.

–Vamos a ver al general Mantecón.

–¿Es un amigo tuyo?

–Mmm... más o menos.

GENERAL MANTECÓN

Aurelio Mantecón era viejo, alto, flaco y tenía el pelo panojo, cortado muy cortito.

–Buenas tardes, enfermera Iguácel –le dijo a la tía Victoria al abrir la puerta de su casa.

–Buenas tardes, mi general.

–¿Quién es este chico tan gordo?

–Es mi sobrino. Debería hacer la mili, pero no la va a hacer porque tiene gonfletes. Y los enfermos de gonfletes se libran de hacer la mili, ¿verdad, mi general?

El militar frunció el ceño.

–Huy... no, me parece que no. Lea el reglamento, enfermera. Se libran de hacer la mili los muy bajitos, los que tienen pies planos, los que padecen del corazón... pero eso de los gonfletes... Yo, al menos, no lo recuerdo.

La tía Victoria hizo un ruido con la lengua, así: ¡Tchch...!

–¡Qué mala memoria tiene usted, mi general! –contestó después–. ¿Tampoco recuerda cuando estuvo en el Hospital Militar para operarse de apendicitis y yo le permití fumar en pipa pese a que eso estaba terminantemente prohibido?

El general Mantecón se puso un poco colorado.

–Eeeh... ah, sí, sí, de eso sí me acuerdo.

Total, que el militar carraspeó marcialmente –¡ejem, ep, aro!–, cogió una cuartilla, la metió en el rodillo de su máquina de escribir Olivetti y mecanografió lo siguiente:

El recluta Jacobo Bailo Iguácel, natural de Canfranc, Huesca, debe ser declarado NO APTO para realizar el servicio militar por padecer de gonfletes.

Fdo. Aurelio Mantecón
General de Brigada

Y luego, lo firmó con su pluma Parker. Pero antes de darle el papel a la tía Victoria, añadió a mano:

Además, resulta patente que el recluta Iguácel padece tremenda obesidad.

–Esto, por si lo de los gonfletes no es suficiente –aclaró.

–Gracias, mi general –dijo la tía Victoria, guardándose el papel.

JACOBO, EL INÚTIL

Al día siguiente, Jacobo regresó a Canfranc.

–¡Madre! –exclamó al entrar en casa–. ¡Ya estoy de vuelta!

–Pero... ¿Ya has terminado la mili? Yo creía que era más larga.

–Si es que no me han dejado hacerla, madre. Me han declarado inútil.

–¡Inútil! ¡Qué alegría, Jacobo, hijo mío...!

Al principio, a Jacobo no le importó que lo declarasen inútil, con tal de volver a su casa, con su familia y sus vacas. Pero pronto se percató de que no todo eran ventajas.

Cuando los chicos del pueblo estaban plantando una cucaña en la plaza para las fiestas mayores, Jacobo se acercó para ayudar.

–¿Cómo vas a ayudarnos si eres inútil? –dijo Mariano, que era el mayor de todos–. Vamos, vamos, aparta y déjanos trabajar.

Jacobo frunció el ceño y se marchó.

A la semana siguiente, el Morris 1100 de don Casto, el

veterinario, se atascó en el barro. El padre de Jacobo acudió con su tractor para socorrerlo y Jacobo se acercó para ayudar. Pero su padre no le dejó.

–Hazle caso –le dijo don Casto a Jacobo–. Nada de esfuerzos, que tienes que cuidarte esos gonfletes. Y abrígate bien, no te vayas a constipar.

Así, al cabo de un tiempo, en su pueblo, Jacobo ya no era Jacobo. Era Jacobo «el inútil». Y se volvió un chico triste. Cada vez más triste.

Hasta que un día de septiembre, Jacobo decidió que estaba harto.

LA DECISIÓN DE JACOBO

Doña Manuela estaba extendiendo azarollas en el suelo de la falsa, que es como llamamos en Aragón al desván de las casas, y, de pronto, Jacobo apareció en la puerta.

–He decidido que voy a hacer el Camino –anunció.

–¿Qué camino?

–¡Cuál va a ser, madre! ¡El Camino de Santiago! Estoy harto de ser un inútil. Voy a ir andando hasta Compostela para pedirle al santo que me cure los gonfletes.

Su madre lo miró, atónita.

–Hasta Santiago, nada menos. ¿No será demasiado para ti, hijo mío? –le preguntó tras un breve silencio.

–Estoy seguro de que podré andarlo. Desde el prado veo pasar muchos peregrinos. Algunos de ellos son ancianos y achacosos. Hasta he visto un par de cojos, que caminaban apoyados en una muleta. Si ellos pueden llegar a Santiago de Compostela, yo también lo haré. ¡Saldré mañana mismo!

Jacobo se dio la media vuelta y su madre se quedó con la boca abierta durante dos minutos.

LOS PREPARATIVOS

Pasada la primera sorpresa, toda la familia decidió ayudar a Jacobo a preparar su viaje.

Sus tres hermanas se encargaron de buscarle la ropa adecuada. Bartolo le cortó una vara larga de madera de avellano que le sirviera de apoyo al andar.

El señor Bailo, su padre, sacó su cartera y, con cierto dolor de corazón, le dio un par de billetes de mil pesetas. Era un buen dinero.

Y Manuela, su madre, le dio un montón de consejos:

–Nunca te sientes a la sombra de las higueras. No bebas agua fría. Cámbiate de ropa al menos una vez por semana. Y lávate los dientes todos los días. Nunca cenes demasiado. Y no hagas ruido al tomar la sopa, a no ser que los demás lo hagan. Abrígate bien por las noches. Duerme de lado, para no roncar. No hables con desconocidos y no gastes el dinero que te ha dado tu padre en chucherías, que te conozco.

Jacobo sonrió. Asintió con la cabeza y cerró los ojos.

Se sentía preparado para salir.

SEGUNDA PARTE:

HACIENDO CAMINO

(En la que se narran las aventuras
y desventuras de Jacobo, de camino
a Santiago de Compostela)

Primera jornada

DE CANFRANC A SAN ADRIÁN DE SÁSABE

miércoles, 29 de septiembre

DIRECCIÓN SUR

Cuando Jacobo salió hacia Santiago, la mañana era azul y alegre.

Realmente, nadie en el pueblo creía que Jacobo fuera capaz de recorrer ni siquiera una pequeña parte del Camino. Todos pensaban que no llegaría siquiera a alcanzar el horizonte.

Solo él mismo estaba convencido de lo que hacía.

Después de un tiempo caminando, Jacobo se paró a descansar. Apenas había dejado atrás el pueblo de Villanúa, el más cercano a Canfranc, y ya se sentía agotado y con un hambre feroz.

–No puedo más –se dijo, angustiado–. Esto es terrible.

Pensó por primera vez en rendirse y regresar a casa, pero, al darse la vuelta, descubrió que el camino sería entonces cuesta arriba.

–¡Imposible...! –se dijo.

La única solución era seguir adelante hasta encontrar un lugar donde le vendieran algo de comida con la que recuperar fuerzas.

Con esa idea, echó a andar de nuevo. Y anduvo. Anduvo y anduvo largo rato, como un autómata, cuesta abajo, hasta que, con la última luz de la tarde, llegó a la bella ermita de San Adrián de Sásabe. Junto a la ermita había una pardina donde pudo comprar pan, queso y hasta una botella de gaseosa.

Jacobo se lo zampó todo mientras conversaba con el dueño de la pardina, que se llamaba Mario y era sordo como una tapia. Y con su loro, que no tenía nombre y hablaba como una cotorra.

Mario le propuso a Jacobo quedarse a dormir en su casa.

–Aquí nunca duermen los peregrinos, pues prefieren llegar a Jaca, donde hay albergue. Pero, si quieres, tengo una habitación con cama.

Jacobo aceptó. Recorrer aquellos pocos kilómetros desde Canfranc había supuesto para él una auténtica proeza. Pero ya no podía ni con su alma.

Mañana, una vez descansado, volvería a casa y les contaría a todos su hazaña. Era cierto que no había llegado a Santiago, pero había realizado un gran esfuerzo. Estaba muy satisfecho.

Segunda jornada

DE SAN ADRIÁN DE SÁSABE A JACA

jueves, 30 de septiembre

BÁLSAMO

A la mañana siguiente, al despertar, Jacobo descubrió que le dolía todo el cuerpo. Y especialmente, los pies. Las sandalias le habían causado rozaduras y, con cada paso, veía las estrellas. En ese estado, no podría llegar muy lejos.

Y Mario, que era un experto en rozaduras ajenas, le recomendó aplicarse en los pies el famoso bálsamo del peregrino.

–¿Dónde puedo comprar ese bálsamo maravilloso? –preguntó Jacobo.

–El próximo pueblo es Castiello, pero allí no hay farmacia. En Jaca, sí. En Jaca hay tres farmacias, nada menos.

Jacobo suspiró.

–Bien. Entonces, iré hasta Jaca. Allí compraré el ungüento para los pies y, en lugar de regresar andando, cogeré el tren para volver a casa. Ya no puedo más. Es demasiado camino para mí –concluyó Jacobo.

–¿Te rindes, pues?

–Me rindo, don Mario. Me rindo.

–Vaya...

Aunque solo lo separaban de Jaca siete u ocho kilómetros, a Jacobo, por culpa de sus pies doloridos, le llevó el resto del día llegar hasta allí.

Cuando se plantó ante la farmacia de la calle Mayor, se hallaba exhausto. El boticario estaba a punto de bajar la persiana, pero se apiadó de él y le vendió un frasco de bálsamo, agua oxigenada, gasas y unas tiritas.

Con todo ello en el morral, Jacobo buscó el albergue de peregrinos, donde se podía dormir gratis y cenar por muy poco dinero.

Al llegar al albergue se habría zampado con gusto una tortilla de bacalao de seis huevos, pero se conformó con lo que le ofrecieron: un plato de sopa de verdura, un muslo de pollo y un vaso de leche.

Muchos peregrinos dividían entonces el Camino de Santiago en veintidós etapas, que es un número mágico y hermoso. Veintidós días de marcha. Aunque a Jacobo le había costado el doble de lo habitual, había conseguido completar la primera etapa.

Al apoyar la cabeza en la almohada, Jacobo ya tenía claro que no iba a alcanzar Santiago de Compostela, pero, al menos, había llegado hasta Jaca, que también era una ciudad muy bonita. Ya tenía algo estupendo que contarles a sus vacas.

Se sentía satisfecho, y tan agotado, que se durmió al instante.

Tercera jornada

DE JACA A BERDÚN

viernes, 1 de octubre

JACA

Al día siguiente, Jacobo se despertó contento.

Durante la noche, sus pies habían mejorado mucho, gracias al ungüento.

Tras desayunar, preguntó dónde estaba la estación del tren, pero, de camino, pensó que, antes de regresar a Canfranc, estaría bien comprar una tarjeta postal y enviársela a su familia por correo, que era lo que hacía la gente cuando salía de viaje.

Decidió, además, enviarse otra postal a sí mismo. Estaba seguro de que le haría muchísima ilusión. No había recibido una carta desde la que le envió el ejército para decirle que tenía que hacer la mili.

En un quiosco de la calle Mayor, Jacobo compró una postal de la peña Oroel y otra del parque de Jaca en un día nevado. Y, además, un bolígrafo BIC y una libreta con muelle. Y sellos en un estanco. Y, en una tienda cercana, compró chorizo, pan y otras cosas de comer.

Por fin, se sentó en un banco del parque para escribir sus postales.

Y entonces... resultó que no se le ocurría nada.

Trató de inspirarse mirando a los ancianos que paseaban por los alrededores. Y a las mujeres que paseaban con sus hijos pequeños. Y a un perro, que parecía pasear a su amo y que se meaba un poco en cada árbol.

Pero no se le ocurría nada.

Echó a andar. Al final del parque nacía un camino que descendía hasta el río Aragón. Bajó por él hasta llegar a la orilla y se sentó en una piedra. Pensó y pensó, arrullado por el murmullo del agua.

Pero no se le ocurría nada.

Jacobo se levantó de nuevo y comenzó a andar a la orilla del río. Y, esta vez, anduvo un rato muy largo, entre árboles de ribera, acompañado por el reflejo del sol sobre las aguas y el piar de los pajaricos.

Después de un rato, le entró hambre, de modo que se preparó un bocadillo de chorizo, se lo comió y, luego, se echó la siesta.

Cuando despertó, la inspiración le llegó de golpe. Cogió el BIC y la libreta y escribió, todo seguido:

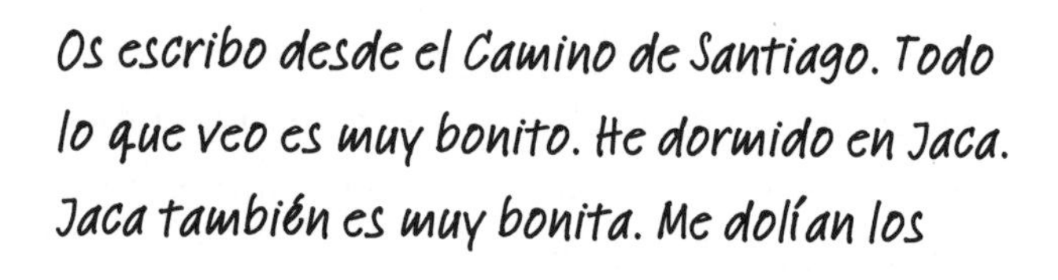
Querida familia:

Os escribo desde el Camino de Santiago. Todo lo que veo es muy bonito. He dormido en Jaca. Jaca también es muy bonita. Me dolían los

pies, pero ya no me duelen. He visto un alimoche. Era muy... bonito. Hace muy buen tiempo y las abejas zumban como tontas sobre las zarzamoras. Ayer cogí setas, pero me dijeron que eran venenosas y las he tirado. Un señor me ha dado un trozo de melón.

Pronto volveré a casa. Os quiere mucho vuestro hijo y hermano, que lo es:

Jacobo

Jacobo copió en limpio la carta en una de las tarjetas postales, con letra pequeñita para que le cupiese todo. En la otra, la destinada a sí mismo, solo escribió: «Aquí estuve yo», la fecha y la firma.

Cuando terminó de escribir, el sol ya descendía hacia el horizonte.

Miró a su alrededor y se sobresaltó al no ver las casas de Jaca por ningún lado. Quizá las tapaban los árboles. O quizá se había alejado más de la cuenta. Podía regresar sobre sus pasos, claro, pero tal vez se le hiciera de noche antes de llegar.

–¿Y ahora qué? –se preguntó.

Hacia donde caía el sol, distinguió a lo lejos un pueblo amurallado, plantado sobre una colina redonda. Calculó que le llevaría una media hora llegar hasta él. «Y aunque parece mucho más pequeño que Jaca, quizá tenga una oficina de Correos», pensó Jacobo.

Y, sin conocer siquiera su nombre, se dirigió hacia la villa de Berdún.[1]

BERDÚN

Estaba más alejado de lo que parecía.

Jacobo llegó a Berdún ya de noche, guiándose por la luz de las farolas del pueblo. Las calles se hallaban desiertas, pero en la fachada del ayuntamiento vio un buzón, de color gris plata y decorado con la bandera de España.

Echó las dos postales por la ranura y, luego, miró a su alrededor. No se veía un alma, ni siquiera luz en las ventanas de las casas.

Antes, subiendo desde el río, había visto un pequeño cobertizo junto a una huerta. Y decidió pasar allí la noche.

Cenó uvas y nueces. Luego, extendió en el suelo su manta de campaña y se durmió como un bendito, con la cabeza apoyada en un saco de fertilizante ERT.

Estaba hecho polvo.

1 ¡Ojo! No confundir con Verdún, Francia, lugar de la terrible batalla durante la Gran Guerra. (N. del A.)

Cuarta jornada

DE BERDÚN A SANGÜESA

sábado, 2 de octubre, día de los Ángeles Custodios

LECHE DE CABRA

A Jacobo lo despertó el sol de la mañana.

Hizo pis, que era lo primero que hacía cada día. Y al subirse los pantalones, comprobó con sorpresa que podía abrocharse el cinturón un agujero más allá.

La silueta de Berdún se recortaba sobre el cielo azul.

–¡Hay que ver! He llegado mucho más lejos de lo que pensaba. Pero ahora... toca volver a casa.

Entonces, escuchó voces cercanas. Llevado por la curiosidad, Jacobo avanzó por la ribera y, tras doblar un recodo, en medio de unos chopos, descubrió un pequeño campamento de gitanos; tres o cuatro familias, con sus carromatos instalados en torno a una hoguera.

Jacobo estaba a punto de volver por donde había venido cuando descubrió a una muchacha de su edad lavando a un chiquillo desnudo a la orilla del río. Ella vestía una falda larga, de colores, y llevaba el pelo suelto.

Jacobo jamás había visto una chica tan guapa. Jamás en su vida. La estuvo observando de lejos durante mucho rato, con la boca abierta. Habría podido estar allí todo el día, pero, de pronto, escuchó, muy cerca, la voz de una mujer.

–¡Eh, payo chico! ¿Qué haces ahí? ¿Quieres desayunar?

Jacobo se llevó tal susto que lanzó un grito y cayó de espaldas.

Estuvo a punto de levantarse y echar a correr, pero la posibilidad de contemplar de cerca a la chica de la falda de colores lo llevó a tragarse el miedo y aceptar la invitación.

Los gitanos se ganaban la vida comprando y vendiendo cosas. También tejían cestas con mimbres. Además, tenían algunos caballos y dos cabras, que les daban leche. Jacobo probó la leche de cabra gitana y sonrió.

–Está muy buena –dijo.

Pero, para sus adentros, pensó que sabía a rayos. Sobre todo, si la comparaba con la leche de sus vacas. No hay leche como la leche de tus propias vacas, pensó Jacobo.

La muchacha se llamaba Rosario y Jacobo se sorprendió cuando supo que tenía solo quince años. Parecía mucho mayor. Aun así, cada vez que la miraba, se ponía colorado.

Después del desayuno, Jacobo les contó a los gitanos su pequeña hazaña y sus planes para regresar a su casa. Pero entonces todos se volvieron hacia don Juan de Dios, que era el patriarca de la familia. Un hombre sabio.

–Lo más importante en esta vida son los pies –sentenció don Juan de Dios–. Jaca está ya *mu* lejos y cuesta arriba. Con esas sandalias, no llegarás a Jaca.

Jacobo comprendió que el gitano tenía razón. A pesar del bálsamo, aquellas sandalias lo estaban matando.

–¿Y qué puedo hacer? –preguntó.

–Es mejor que sigas camino adelante. Pronto, *mu* pronto, encontrarás un pueblo grande donde comprar otro calzado. Con los pies bien calzados, se puede llegar a Roma o a Rumanía. Y también a tu casa. Pero es *mu* importante cuidar los pies. Todas las enfermedades entran por los pies. ¿Entendido?

–Sí, señor –dijo Jacobo.

SANGÜESA

Don Juan de Dios sería sabio, pero también bastante torpe calculando distancias, porque Jacobo caminó casi todo el día sin encontrar un pueblo con zapatería. Hasta que, por fin, a última hora de la tarde, llegó a Sangüesa. Jacobo deseó con todas sus fuerzas que en Sangüesa hubiese zapatería.

Y sí: en la calle Mayor descubrió Calzados Erdozain. El escaparate de aquella zapatería le pareció a Jacobo más atractivo que el de la mejor pastelería de Zaragoza. Decidió entrar de inmediato.

–Buenos días. Quería unas *maripís*, por favor.

El señor Erdozain, que vestía traje oscuro por cuyo bolsillo de pecho, en lugar de asomar un pañuelo, asomaba un calzador metálico, torció el gesto.

–No seas paleto, chico. No se llaman *maripís*, sino zapatillas deportivas.

–Pues en mi pueblo se llaman *maripís*.

–Eso es en Aragón. Y Sangüesa ya forma parte del antiquísimo reino de Navarra. Aquí se le llama al pan, pan, y al vino, vino. Y a las zapatillas deportivas, por su nombre. A ver, ¿qué número calzas?

–No sé.

El zapatero sentó a Jacobo de un empujón en una butaquita, le cogió el tobillo derecho y lo alzó para poder mirarle de cerca la planta del pie. Tras unos segundos, arrugó la nariz y determinó:

–Buena planta. Esto va a ser un cuarenta y cuatro.

Y, tras entrar en la trastienda, sacó un par de deportivas del número cuarenta y cuatro. Eran muy blancas, con un aspa de color rojo en los costados, como si se tratase del plano de un tesoro.

Jacobo se las calzó y se miró a un espejo.

–Son muy cómodas, sí. Pero no pegan nada con mi traje de peregrino. ¿No las tiene en marrón carmelita?

–No –respondió Erdozain–. Solo se fabrican en blanco.

–Y... ¿son de buena calidad?

–Hijo –respondió el zapatero–. Con esas zapatillas puedes llegar a Santiago y regresar después a tu casa dando la vuelta por Badajoz. No te digo más.

–Colosal.

Y así, Jacobo adquirió, por ciento treinta pesetas –veintiséis duros–, las primeras zapatillas deportivas de su vida.

Decidió dar un paseo por Sangüesa para estrenar su nuevo calzado. Era sábado por la noche y la ciudad se veía muy animada.

En la plaza de los Fueros, actuaba la banda municipal y varias parejas bailaban, mientras grupos de chicos y chicas se lanzaban miradas encendidas, esperando que los unos invitasen a las otras a bailar un pasodoble o un *fox*. Jacobo miró a todas las chicas, pero ninguna le pareció tan guapa como Rosario, la gitana de Berdún.

Rosario... No podía dejar de pensar en ella.

Entre los jardines de la plaza habían instalado un tiovivo, una churrería, una tómbola y un puesto de venta ambulante.

Jacobo probó suerte en la tómbola. Se gastó quince pesetas y ganó una muñeca de trapo, vestida de asturiana; aunque, enseguida, decidió regalársela a una niña pecotosa que lloraba con desconsuelo porque no había tenido tanta suerte como él.

La niña se llamaba Leyre, así, con i griega, que era un nombre que Jacobo no había oído jamás. Pensó que, a su próxima vaca, la llamaría Leyre.

Mientras buscaba el albergue de peregrinos para dormir esa noche, las campanas de la iglesia de Santa María la Real tocaban las diez.

Quinta jornada

DE SANGÜESA A MONREAL

domingo, 3 de octubre

FALGÁS, EL PERDULARIO

Jacobo se levantó temprano en el albergue de la calle Labrit, pero, aun así, lo hizo mucho más tarde que su compañero de litera, un catalán apellidado Falgás, al que todos llamaban Falgás. Sin duda, Falgás tendría nombre de pila, como lo tiene todo buen cristiano, pero nadie lo conocía porque él nunca lo utilizaba.

La tarde anterior, Falgás había comprado un par de *maripís* blancas con un aspa roja en Calzados Erdozain. Y después de cenar, le enseñó a Jacobo una muñequita de trapo vestida de asturiana que había ganado en la tómbola.

Ambos rieron con las coincidencias.

Falgás era un perdulario. No solo extraviaba continuamente sus pertenencias, sino que, con mucha frecuencia, se perdía él mismo.

Falgás había salido de Montserrat por el llamado Camino Catalán o de Sant Jaume. Pero las primeras once etapas le habían supuesto diecinueve días, a causa de sus continuos olvidos y equivocaciones. Lo más grave, cuando tuvo que repetir entera la segunda etapa porque al llegar a Cervera se dio cuenta de que se había dejado la mochila en Igualada.

Falgás quería pedirle a Santiago que le solucionara sus problemas de despiste y «perdularismo».

–Sé que es difícil –reconoció Falgás–, porque yo he sido un perdulario desde que nací. He acudido a toda clase de médicos en busca de solución a mi problema. Sin resultado. Una vez, incluso acudí a un mecánico de motos.

–¿Para qué?

–Para nada. Es que iba al médico, me perdí y terminé en su taller –dijo Falgás, mientras limpiaba con el faldón de su camisa los cristales de sus gafas, gruesos como culos de vaso–, pero, al menos, aprendí a cambiar las bujías de una Bultaco.

Vaya tipo más raro, este Falgás, pensó Jacobo.

Esa mañana, tras recordar su conversación de la noche anterior con Falgás, Jacobo se desperezó, se vistió y, por último, se calzó sus estupendas zapatillas deportivas. De inmediato, se dio cuenta de que algo no iba bien.

–¡Demonios! –exclamó–. ¿Por qué me aprietan de este modo? ¿Qué les ha ocurrido? ¡Si ayer me resultaban comodísimas!

Aparentemente, eran sus zapatillas: blancas, con un aspa roja en el costado... De pronto, cayó en la cuenta. Miró la suela y confirmó sus sospechas.

–¡Son del número cuarenta y dos! ¡Maldito Falgás! ¡Ha confundido sus zapatillas con las mías!

Sin siquiera desayunar, Jacobo salió de Sangüesa a todo correr, en busca del catalán. ¡Menos mal que aún no había tirado a la basura sus sandalias de peregrino!

El camino enseguida se empinaba y, por él, Jacobo se encaramó a buen paso a la sierra de Izco, dejando abajo el río Aragón. Ganó tanta altura que los buitres se veían planear en el cielo solo un poco por encima de su cabeza. Como grandes cometas negras guiadas por hilos invisibles.

Fue entonces cuando Jacobo se percató de que, con las prisas por seguir a Falgás, no había comprado ni un miserable bocadillo de chistorra para comer por el camino.

Pasó por pueblos muy pequeños donde no halló tiendas, ni caserío alguno, donde suplicar almuerzo o merienda.

Por fin, cuando los gritos de sus tripas amenazaban con dejarlo sordo, Jacobo llegó, exhausto, a la villa medieval de Monreal. Preguntó por el albergue, cercano a la iglesia de la Natividad. Confiaba en que Falgás estuviese allí, pero él resultó ser el único huésped.

–¡No puede ser! –exclamó Jacobo, desesperado–. ¿Dónde está Falgás?

–Habrá seguido hasta el siguiente albergue –supuso el alberguero.

–¡Claro! –gruñó Jacobo–. Además de la ventaja inicial, calzado con mis zapatillas del cuarenta y cuatro, caminará muy deprisa, como Pulgarcito con las botas de siete leguas.

–¿Entonces qué, mozo? ¿Te quedas o no?

Jacobo suspiró.

–Qué remedio... Estoy cansadísimo y no puedo dar ni un paso más. Por cierto, ¿a qué hora se cena? Es que tengo un hambre...

–En cuanto venga mi señora, que ha ido a ver un partido de pelota.

–¿A su señora le gusta el fútbol?

–¡No, hombre! Un partido de pelota vasca. En el frontón de la plaza; juegan el hijo del tío Triste, que es de aquí, contra Josu «mano de piedra» Orbegozo, que ha llegado de Tolosa o así.

–Ah. Y... ¿de veras tiene ese señor la mano de piedra?

El alberguero frunció el ceño.

–Pues claro que sí.

Sexta jornada

DE MONREAL A SANTA MARÍA DE EUNATE

lunes, 4 de octubre, día de San Francisco de Asís

LAS CIEN PUERTAS

A partir de Monreal, el camino discurría entre canteras de piedra. De cuando en cuando, se oía a lo lejos la explosión de un barreno de dinamita, lo que erizaba los cabellos de Jacobo, le aceleraba el pulso y lo ponía al trote gorrinero durante unas decenas de metros, hasta que le faltaba la respiración y volvía a la marcha normal.

Detonaciones aparte, el día era espléndido, dorado y azul. De cuando en cuando, bandadas de grullas cruzaban el cielo volando en formación de uve.

Jacobo se sentía agotado, pero se mantenía en marcha maldiciendo contra Falgás y esperando localizarlo en la distancia al volver cada recodo del camino o al coronar cualquier rasante. Sin embargo, los kilómetros pasaban y Falgás no aparecía.

–¡Nada! ¡Ni rastro de él! –gritaba Jacobo, tras cada curva–. ¡Se habrá perdido otra vez! ¡Maldito Falgás!

Así, Jacobo, casi sin darse cuenta, impulsado por su terrible enfado, siguió avanzando durante todo el día.

A media tarde, ya había perdido la esperanza de recuperar sus zapatillas deportivas, de modo que cambió de plan. Preguntó a un peón caminero por el próximo pueblo importante, que resultó ser Puente la Reina. Decidió que allí se compraría otras zapatillas y tomaría un tren que lo llevase a su casa, aunque tuviera que hacer trasbordo en Miranda de Ebro o en Zaragoza o donde fuera. O aunque tuviera que hacer cinco trasbordos. Le daba igual. Y, con esa decisión bien tomada, apretó aún más el paso.

Sin embargo, muy cerquita ya de su destino, le sucedió algo inesperado.

En un cruce de caminos se topó con un doble indicador de madera. La flecha de la izquierda señalaba claramente la ruta principal: Puente la Reina. La de la derecha, que ofrecía seguir un camino mucho más estrecho, apenas una senda, rezaba: «Iglesia de Sta. M.ª de Eunate. 3 km».

Lo lógico habría sido seguir, sin desviarse, hacia su destino previsto. Pero Jacobo había oído decir a algunos peregrinos que, en ocasiones, el Camino les hablaba, les susurraba al oído la posibilidad de tomar decisiones insólitas. Él no podía imaginar de qué manera un camino podía hablarle al oído a nadie que no estuviera loco de remate. No lo sabía hasta ese momento. Porque allí, bañado por la luz del atardecer, rodeado de robles y de hayas, una voz misteriosa que parecía hablarle quedo desde dentro de su propia cabeza le decía que siguiese el indicador de la derecha. Que no podía dejar de visitar Santa María de Eunate o se arrepentiría el resto de su vida.

–Tres kilómetros –se dijo Jacobo–. Poca cosa. No me llevará más de media hora. Diez minutos para ver esa iglesia de nombre tan raro. Y otra media hora para volver. A la hora de cenar, estaré en Puente la Reina. Y mañana, o quizá esta misma noche, podré coger un tren de regreso a casa.

El sendero era empinado y Jacobo llegó a Santa María de Eunate echando el bofe y maldiciendo la decisión tomada, después de haberse parado tres veces a sacarse de las sandalias montones de piedrecillas, que ese día parecían especialmente impertinentes.

Pero cuando vio, al fin, a lo lejos, en medio de la nada, aquella iglesia tan rara, pensó que el esfuerzo había merecido la pena. Era mayor de lo que él imaginaba y apareció ante sus ojos envuelta por un aura misteriosa. Tenía ocho lados y estaba toda ella rodeada por una galería de treinta y tres arcos. Jacobo se acercó lentamente, pues la iglesia parecía desprender una magia inexplicable.

Entonces, distinguió la figura de un hombre, seguramente un peregrino, que caminaba por el interior de la galería. Lo vio dando una vuelta completa a la iglesia. Y, luego, otra más. Cuando el sujeto iniciaba la tercera vuelta, Jacobo ya estaba lo bastante cerca como para reconocerlo.

–No es posible... ¡Pero si es Falgás!

A pesar del cansancio, Jacobo echó a correr, gritando y haciendo aspavientos.

–¡Falgás! ¡Falgááás...!

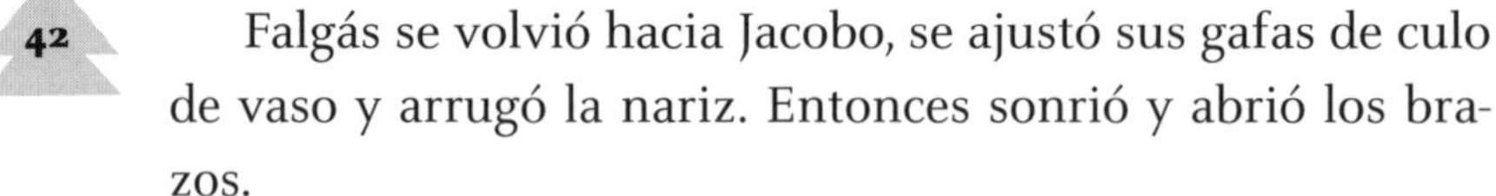
Falgás se volvió hacia Jacobo, se ajustó sus gafas de culo de vaso y arrugó la nariz. Entonces sonrió y abrió los brazos.

–¡Hombre, Jacobo! ¿Qué tal estás, *noi*? Pero ¿tú no volvías a tu casa?

–¿A mi casa? ¿Cómo quieres que vuelva a mi casa, si ayer te llevaste mis zapatillas?

El perdulario abrió la boca y se miró los pies.

–¡Atiza! ¡De modo que son las tuyas! Me extrañó que me viniesen tan grandes; pero pensé que habían dado de sí, de manera que me las calcé con tres pares de calcetines... ¡y a correr!

–¡Vamos, vamos! ¡Ya te las estás quitando! ¡Aquí, en la mochila, tengo las tuyas!

–De acuerdo, hombre, ahora mismo voy..., pero déjame dar la tercera vuelta.

–¿Qué tercera vuelta?

–Verás: la tradición dice que, al llegar a la iglesia de Santa María de Eunate, hay que rodearla tres veces. Yo ya lo he hecho dos. Iba a empezar la tercera vuelta. Anda, acompáñame.

–¡No quiero! ¡Dame mis *maripís* de una vez!

–No seas cabezón, Jacobo: si llegas a Eunate, hay que darle tres vueltas. ¡Y no se hable más!

Terminaron la tercera vuelta de Falgás y dieron otras dos más para que Jacobo cumpliese con la tradición. Mientras caminaban en torno a la iglesia, Falgás le iba contando a Jacobo cosas la mar de interesantes, como que Eunate significa en vasco «cien puertas».

–Además, esta iglesia y sus alrededores son un gran cementerio. En tiempos, hubo aquí un hospital de peregrinos y eran muchos los que fallecían en él. Incluso se dice que pueden estar aquí enterrados los restos de la legendaria reina de Saba, que el rey Salomón habría entregado a los caballeros templarios para que los enterrasen en algún punto del Camino de Santiago.

–Vaya historia. No me la creo –dijo Jacobo, que seguía enfadado con Falgás.

–Pues no te la creas, que a mí me da igual.

Por fin, Falgás y Jacobo intercambiaron zapatillas y se pusieron de camino hacia Puente la Reina. Pero, como no podía ser de otro modo yendo con el catalán, se perdieron.

Durante más de una hora vagaron por los montes sin encontrar su destino y, finalmente, cayendo ya la noche, avistaron Eunate, de nuevo.

–¡Oh, no! ¡Hemos vuelto al lugar de partida! –exclamó Jacobo, llevándose las manos a la cabeza y cayendo de rodillas–. ¡Y no puedo dar ni un paso más!

–Vale, *noi*, vale, tranquilo... –le dijo Falgás–. Pasaremos la noche en la iglesia, como verdaderos y antiguos peregrinos. Ya buscaremos mañana el camino a Puente la Reina.

–¿Vamos a dormir aquí? –preguntó Jacobo, con la voz trémula–. Pero... ¡pero esto está lleno de muertos, tú lo has dicho! ¡No podré pegar ojo, rodeado de tumbas por todas partes!

–No seas cagón. A quienes hay que temer es a algunos vivos, no a los muertos, que son del todo inofensivos –replicó Falgás.

–¡Vamos a morir! ¡Los muertos nos llevarán con ellos!

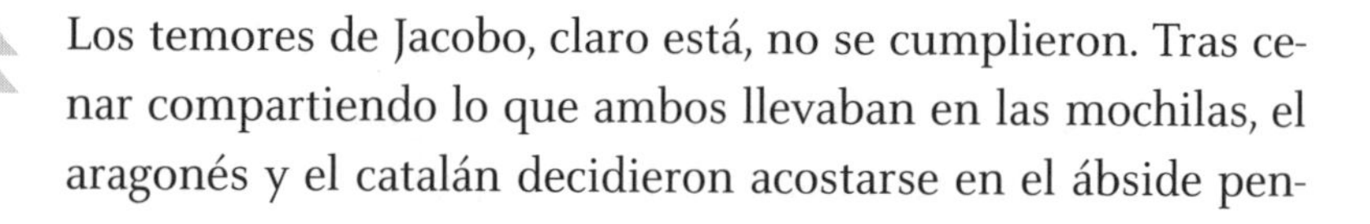

Los temores de Jacobo, claro está, no se cumplieron. Tras cenar compartiendo lo que ambos llevaban en las mochilas, el aragonés y el catalán decidieron acostarse en el ábside pentagonal de la iglesia. Y estaban tan cansados que ambos se quedaron enseguida profundamente dormidos.

Lo cual fue una suerte, porque así no vieron las docenas de espectros que salieron a medianoche de sus sepulturas para dar su habitual paseo nocturno y que contemplaron a los dos jóvenes con indiferencia hasta poco antes del amanecer.

Séptima jornada

DE SANTA MARÍA DE EUNATE A ESTELLA

martes, 5 de octubre

SIN TREN

A la mañana siguiente, los dos amigos caminaron juntos hasta Puente la Reina. Al llegar, hicieron varias compras y comieron juntos en una fonda.

–Aquí nos separamos, amigo Falgás –dijo Jacobo, tras el postre.

–¿Seguro que no quieres seguir hasta Santiago? Total, para lo que queda...

–Ah, no, no, gracias. Voy a buscar la estación del tren para regresar a casa cuanto antes. Otra vez será. ¡Buen camino, Falgás!

–Buena suerte, Jacobo.

Una vez solo, Jacobo caminó hasta el centro del pueblo y decidió preguntar por la estación. Lo cierto es que le fastidiaba mucho preguntar. Pensaba que, al hacerlo, quedaba como un ignorante, además de desvelar su condición de forastero.

Tras armarse de valor, se detuvo en uno de los cruces principales y estudió a los transeúntes. Por fin, se decidió por un hombre con boina, que caminaba con bastón.

–Perdone, señor. ¿Podría decirme dónde está la estación del tren?

El hombre de la boina frunció el entrecejo.

–¿Me estás tomando el pelo, muchacho? –le respondió, de muy mal talante, alzando el garrote.

–¡No, no, de veras...! Solo quiero tomar el tren y no encuentro la estación.

El hombre hizo rechinar los dientes y miró a Jacobo con cara terrible desde muy cerca. Tras unos segundos de silencio, frunció el ceño.

–¿Lo dices en serio?

–¿Qué...? Yo, pues... sí. Tengo que volver a mi casa cuanto antes y...

–¿Pero es que acaso no sabes que por Puente la Reina no pasa el tren?

Jacobo abrió la boca, asombrado y apuradísimo.

–¡Oh! Vaya... ¡No me fastidie! Yo no... no lo sabía. Yo... yo... pensaba que el tren pasaba por todos los pueblos importantes de España.

–¡Pues no, señor! –exclamó el hombre–. Algunos, por desgracia, no tenemos tren.

–Atiza... Ya, bueno, y... ¿y sabe usted dónde está el pueblo con estación más cercano?

El hombre miró a Jacobo. Empezaba a convencerse de que aquel muchacho tan gordo no pretendía burlarse de él.

–El más cercano es Estella. Allí puedes coger el *trenico*, que es un tren de vía estrecha que te llevará a Vitoria.

–¡A Vitoria! Pero... yo quiero ir a Canfranc.

–No sé dónde demonios está Canfranc, pero en Vitoria podrás coger trenes importantes, de los que van a Madrid, o a Miranda.

Jacobo respiró aliviado al oír aquello.

–¡Ah, bien...! A Miranda, sí me vale. Por Miranda pasan trenes que van a Zaragoza. Y, de Zaragoza, puedo ir a Jaca y Canfranc. Dígame: ¿dónde puedo coger el camino hacia Estrella?

–¡Estrella no! ¡Estella, membrillo! ¡Estella! ¡Y se va por ahí!

El hombre señaló en dirección al puente medieval. Jacobo, que se había puesto coloradísimo, le dio las gracias y siguió la dirección indicada sin rechistar.

Ahora, ya estaba convencido de que preguntar era una cosa horrible a más no poder. Y no estaba dispuesto a pasar por semejante bochorno nunca jamás.

ESTELLA

Estella sorprendió a Jacobo.

Llegó allí ya con el cielo oscuro, y al adentrarse en sus calles solitarias se sintió cautivado por el ambiente. Casi podía esperarse ver aparecer al mismísimo apóstol Santiago tras la esquina de cualquiera de sus cinco grandes iglesias, del palacio de los reyes de Navarra o del convento de Santo Domingo.

Paseó Jacobo por Estella durante un tiempo, hasta encontrar –sin preguntar– el albergue de la calle de la Rúa, donde cenó y pasó la noche.

–Mi última noche como peregrino –se dijo a sí mismo, frotándose los ojos–. Mañana, a casita.

Poco antes de rendirse al sueño, pensó en Rosario, la chica gitana.

–¡Qué guapa era...! –susurró–. Cuánto me gustaría volver a verla y contarle todo lo que me ha ocurrido desde el día en que nos conocimos...

Octava jornada
DE ESTELLA A LOS ARCOS
miércoles, 6 de octubre

CARACOLES

Jacobo se puso en pie muy temprano, a la par que los peregrinos más madrugadores.

Tras desayunar en el bar Astigarraga, donde siempre sonaba música de zarzuela, se encaminó a la estación del *trenico,* que resultó ser minúscula, comparada con la de Canfranc.

Preguntó a qué hora salía el siguiente tren hacia Vitoria y un empleado le indicó que a mediodía salía el Naval, un automotor eléctrico que dormitaba en la vía principal.

Jacobo se preguntó por qué llamarían «el Naval» a un vehículo que jamás navegaría por el mar. Cosas de ferroviarios, que son gente peculiar, supuso.[2]

Como aún faltaban tres horas para la salida, Jacobo decidió dar un paseo por Estella. Ahora, la ciudad bullía de

2 El nombre procede de su constructor: la Sociedad Española de Construcción Naval –conocida como «La Naval de Sestao»– fabricante de buques y, tiempo atrás, de material ferroviario. (*N. del A.*)

actividad. En un mercadillo, vio a un hombre de aspecto renegrido, que vendía caracoles. Jacobo recordó que a su padre le encantaban y pensó que un kilo de caracoles sería un buen regalo para celebrar su regreso a casa. Lo compró y pagó sin regatear.

A las once, se dirigió ya a la estación del *trenico*.

El día era espléndido y Jacobo decidió no meterse en la sala de espera, que olía a pis de gato, sino quedarse fuera, en un rinconcito soleado del andén, junto al tinglado de mercancías. Se sentó en el suelo, apoyado en la pared. Y, sin darse cuenta, se quedó dormido.

Lo despertó, de repente, el silbato del «Naval».

Durante unos segundos, Jacobo no supo quién era ni dónde se encontraba. Hasta que, de pronto, se dio cuenta de que el automotor estaba a punto de salir hacia Vitoria.

Se puso en pie de un salto, dispuesto a correr andén adelante, pero... en ese mismo instante sintió que algo no iba bien. Entonces vio en el suelo, junto a él, la bolsa de los caracoles... completamente vacía.

Docenas de pinceladas brillantes partían de ella decorando el suelo en todas las direcciones. Vio algunos caracoles a su alrededor, a tres o cuatro pasos de distancia. Pero también otros, más veloces, que escapaban raudos por el andén. Y lo peor era que algunos de los animalicos se le habían metido mientras dormía por las perneras de los pantalones y por las bocamangas del jersey y ahora los notaba deslizándose por las piernas, por el pecho y la espalda, por el estómago y la entrepierna, segregando babas sobre su piel y su ropa interior.

–¡Aaaah...! –gritó Jacobo dando saltos–. ¡Qué asco!

Comenzó a correr en círculos mientras se despojaba a toda prisa del jersey y de la camisa y de sus zapatillas deportivas y de sus pantalones.

Unos metros más allá, los pasajeros del automotor lo miraban con curiosidad, a través de las ventanillas, mientras Jacobo se desnudaba dando brincos. Por fin, tras quedarse en calzoncillos, pudo quitarse de la piel al menos a veinte babeantes caracoles, que volvió a meter en la bolsa. Y, a continuación, decidió recoger los caracoles fugitivos, empezando por los más cercanos.

El automotor silbó de nuevo, anunciando su salida.

–¡Espere, espere! –suplicó Jacobo.

–¡Vamos, chico, vamos! –le gritó el jefe de estación.

Jacobo corrió por el andén recuperando caracoles a toda velocidad y metiéndolos en la bolsa hasta llegar a las inmediaciones del Naval.

–Pero ¿adónde vas así, chaval? –le dijo el ferroviario–. ¡No puedes subir a un tren en paños menores! ¡Está prohibido!

Jacobo se detuvo y se miró. Había recuperado casi la mitad de los caracoles huidos, sí; pero estaba en calzoncillos. Su mochila y su ropa habían quedado sobre el suelo del andén, allí al fondo, junto al tinglado de mercancías.

–¡Ahora vuelvo!

–¡No podemos esperar! –gritó el maquinista–. ¡Vamos con retraso!

–¡Un minuto! ¡Solo un minuto!

Jacobo corrió hacia sus cosas, pero cada vez que veía un caracol, se desviaba para recogerlo y meterlo en la bolsa. Por fin llegó junto a sus pertenencias y comenzó a vestirse, sin preocuparse de si las prendas estaban del derecho o del revés.

Silbó el automotor por tercera vez e inició la marcha.

–¡Eh! ¡Eeeh...! –gritó Jacobo.

Corrió hacia él. Quizá habría podido alcanzarlo, pero de camino vio un grupo de seis caracoles que habían logrado esconderse tras una de las farolas del andén. En plena carrera dio un frenazo, hizo un quiebro, recogió a todo meter la media docena de gasterópodos y los introdujo en la bolsa. Había recuperado casi tres cuartos de kilo de caracoles... pero cuando alzó la vista, el Naval salía de agujas y se dio cuenta de que acababa de perder la posibilidad de viajar en él.

–¡No, no, no! ¡Maldita sea!

Permaneció casi cinco minutos en pie, quieto, mirando desconsolado las vías por las que se había marchado el automotor. Luego, cabizbajo y hecho un adefesio, se encaminó a la oficinita del jefe de estación. Cuando preguntó por el siguiente tren, el hombre le informó de que el próximo salía a las ocho de la tarde.

–¡Oh, no! ¿No hay otro anterior?

–No, no lo hay –le respondió muy serio, el jefe–. ¿Te has pensado que esto es la RENFE? Esto es el Ferrocarril Vasco-Navarro, una compañía pequeñita. No podemos estar haciendo trenes a todas horas.

–¿Es que esto no va a terminar nunca? –se preguntó Jacobo en voz muy alta, alzando al cielo las manos de forma dramática y clavándose los hinojos del suelo.

El ferroviario lo miró con afecto.

–¿A dónde te diriges, chico? Si puede saberse.

–A Canfranc.

El jefe de estación lo miró ahora muy sorprendido.

–¿A Canfranc, Huesca? ¿Tan lejos? ¡Huuy...! Entonces,

quizá deberías intentar llegar a Logroño. Allí se pueden coger trenes de vía ancha que van directamente a Zaragoza. Ahorrarías tiempo y dinero.

Jacobo, aún con los pantalones del revés y la camisa por encima del jersey, se apoyó, resoplante, en la fachada de la pequeña estación, mientras se llevaba la mano derecha a la frente.

–Logroño... ¿Y qué distancia hay desde aquí hasta Logroño?

El ferroviario se rascó la oreja.

–¿Te puedes creer que no lo sé? Como nuestros trenes van a Vitoria... Quizá treinta o treinta y cinco kilómetros.

–Madre mía... –murmuró Jacobo, desolado–. En fin... sí, bien, haré lo que usted dice. Iré a Logroño. ¿Y qué... qué camino debo tomar?

–Pues... el Camino de Santiago, naturalmente.

–Ya... Bueno, voy a ver si, al menos, localizo todos mis caracoles.

Asombrosamente, a fuerza de paciencia y deducción, consiguió dar con todos excepto con dos, a los que nunca más volvió a ver.

Para su desgracia, no eran treinta y cinco kilómetros los que separaban Estella de Logroño, sino cincuenta, nada menos. Eso lo supo Jacobo cuando llegó a Los Arcos, ya en territorio riojano pero aún lejos de la capital, y donde decidió pasar la noche.

Tras cruzar el puente sobre el río Odrón, buscó el albergue de peregrinos, que tenía el curioso nombre judío de «Isaac Jacob». Allí pudo por fin ducharse con jabón y agua caliente y librarse así de los restos resecos de la condenada baba de caracol. También lavó sus ropas. Estaba muy enfadado consigo mismo por haber perdido el *trenico* de aquella manera tan tonta y ridícula. Supuso, por ello, que le costaría conciliar el sueño. Pero ¡qué va! Al contrario, se quedó dormido en cuanto apoyó la cabeza en la almohada.

Eso sí, tras asegurar la bolsa con un nudo que ningún caracol de este mundo, por listo y fuerte que fuese, pudiera burlar.

Novena jornada

DE LOS ARCOS A LOGROÑO

jueves, 7 de octubre

FONDA AQUESOLO

Al día siguiente, se levantó tarde. Tan tarde que, cuando reemprendió el camino, el sol ya estaba en lo más alto del cielo y llegó a Logroño con las últimas luces del día. Buscó la estación de tren, pero cuando dio con ella, el encargado de la taquilla le informó de que el último directo a Zaragoza ya había salido. Y los expresos nocturnos pasaban por Logroño a horas intempestivas.

–Mañana, el primer rápido sale a las siete –le indicó el empleado de la taquilla.

–¡Uf! Demasiado pronto.

–El siguiente, a las diez.

–Eso ya está mejor –dijo Jacobo–. Voy a buscar dónde dormir. Me duelen los pies.

Salió de la estación de la RENFE, pasó junto a la catedral y recorrió parte de la calle de la Rúa Vieja antes de llegar al albergue, que se alzaba junto a la fuente de los peregrinos;

pero resultó que esa noche, inexplicablemente, estaba completo.

–Lo siento, chico –le dijo el alberguero–. No sé qué ha ocurrido hoy, pero lo cierto es que a las seis de la tarde no quedaba ni una cama libre. La última se la he dado a un tipo con gafas de culo de vaso, que se había perdido dos veces por el camino y venía desesperado, el hombre.

Jacobo se alzó de hombros. Estaba empezando a resignarse a la mala suerte.

–¡Qué le vamos a hacer! –respondió–. Ya nada me importa. Mañana por la mañana, a las diez, cogeré un tren que me llevará hasta Zaragoza. Y cuando llegue a Zaragoza tomaré el Canfranero, que me dejará a cinco minutos de mi casa. Así que estoy contento. ¿Sabe usted dónde podría dormir, aunque sea pagando?

–Por poco dinero, puedes ir a la fonda Aquesolo, saliendo de la ciudad por la carretera de Mendavia, cerca de la central eléctrica. No está lejos. Aquí, en Logroño, no hay nada lejos. Y no tiene pérdida, porque se encuentra nada más cruzar el puente de piedra.

El dueño de la fonda Aquesolo se llamaba Emeterio Aquesolo, y usaba bigote de morsa. Le dio a Jacobo una buena habitación y cocinó judías pochas para cenar, a pesar de que son muy flatulentas. Jacobo se comió tres platos de judías y, de postre, un racimo de uvas.

Como el resto de las noches, durmió como un tronco.

Décima jornada

DE LOGROÑO A NÁJERA

viernes, 8 de octubre

EL PASO HONROSO

Jacobo se desayunó con las pochas que habían sobrado de la noche anterior y salió, con tiempo suficiente, de camino a la estación de RENFE.

Sin embargo, al parecer, tampoco Logroño quería despedirse de Jacobo sin ponerlo a prueba.

Cuando se acercaba al puente de piedra para cruzar el río Ebro, se topó con un grupo de seis chicos que le cerraban el paso, alumnos del instituto Sagasta, que habían hecho *pirola* aquel día. Uno de ellos, que lucía sobre el labio una pelusa oscura que algún día sería bigote, se adelantó hacia Jacobo.

–¡Alto, grandullón! –le dijo–. Este es el puente del Paso Honroso. Y para atravesarlo, hay que pagar. Un duro.

–¡Así se habla, Mariscal! –lo aduló el más pequeño de la pandilla.

Jacobo puso los brazos en jarras y se acercó hasta situarse a cuatro pasos del jefe, al que le sacaba la cabeza y cuatro dedos por cada hombro.

Inspiró lentamente. Le habló despacio, en voz baja pero firme.

–Anda, Mariscal, o como te llames: déjate de bobadas y aparta de aquí.

Y como quiera que el riojano no hizo ademán de apartarse, Jacobo le propinó un empujón que lo lanzó trastabillando contra la barandilla del puente. A punto estuvo de caer a las aguas del Ebro. Los demás se hicieron a un lado y Jacobo pasó entre ellos moviendo la cabeza con desagrado.

Pero, cuando aún no había llegado ni a la mitad del puente, una piedra de buen tamaño, lanzada por Mariscal, le pasó rozando la oreja derecha. Jacobo se volvió hacia él, colérico.

–Pero ¿qué haces, animal? ¡Casi me das en la cabeza...!

La frase se le quedó en la garganta cuando vio volar hacia él otra media docena de piedras. Por poco le vino para protegerse usando su mochila como escudo. Pese a ello, una de las piedras hizo diana justo encima de su rodilla derecha.

–¡Aaay...! –gritó Jacobo, dolorido–. ¡Malas bestias! ¡Ahora veréis!

Cojeando, se lanzó hacia sus atacantes. Recogió varias piedras y comenzó a probar su puntería. Alcanzó a dos de ellos, pero su objetivo principal era Mariscal, que huyó en dirección a la central eléctrica mientras sus compañeros se dispersaban por el bosquecillo de ribera.

–¡Te vas a enterar! –gritaba Jacobo de cuando en cuando, furioso.

Pese al dolor y la rabia, adivinó su siguiente movimiento. Sospechó que, al llegar a una tapia que le cortaba el paso, el chaval giraría a la izquierda. Entonces lo tendría a tiro. Cogió una piedra mayor que las anteriores, la sopesó en la mano y esperó.

Mariscal hizo lo que Jacobo suponía. El de Canfranc sonrió, armó el brazo, tomó impulso y lanzó la piedra con todas sus fuerzas.

Algo no salió bien. En el último instante, la piedra resbaló de los dedos de Jacobo y voló fuera de la trayectoria prevista. Falló por mucho su objetivo. Y acabó estrellándose contra la cristalera que cerraba la fachada del edificio de la central eléctrica.

–¡Ay, madre...! –fue todo lo que Jacobo acertó a decir, al comprender las consecuencias de su acción.

Primero, se escuchó un golpe cantarín, como el tañer de una enorme campana de vidrio. Luego, el siseo escalofriante de docenas de grietas. Y, por fin, el rugido interminable de las enormes piezas de cristal haciéndose añicos y precipitándose al suelo como una avalancha transparente.

Jacobo se quedó helado, clavado en el sitio.

Mariscal y sus secuaces detuvieron su huida, igualmente pasmados.

El estruendo resultó largo y pavoroso. Tanto que Jacobo llegó a pensar que no terminaría nunca. Pero terminó. Y cuando terminó, se hizo un silencio sepulcral, pues hasta el río Ebro pareció callar por completo.

Y, de pronto, un grito inhumano sustituyó a ese silencio.

–Pero ¿qué porras ha sido esooo? ¡Vándalooos! ¡Insurrectooos!

Jacobo, asustado, no tardó en descubrir que las voces procedían de un tipo de cierta edad, vestido de uniforme, con sombrero de ala ancha, escopeta de dos cañones en las manos y una canana de cuero con cartuchos cruzándole el pecho.

–¡El guarda! ¡Es el guarda Porras! ¡Correeed! –escuchó entonces gritar a Mariscal.

Los seis chavales desaparecieron en un instante, como tragados por la tierra, y Jacobo quedó solo.

–¡Quieto, faccioso! –bramó el vigilante de la central–. ¡Quieto como una porra o te abraso a tiros!

Pero Jacobo ni se lo pensó. De inmediato, echó a correr perseguido por el guarda, que disparaba al aire su escopeta. Corrió y corrió, incluso más allá de lo que sus pulmones le permitían. Cuando sintió en el pecho una punzada que le impedía continuar, se detuvo, jadeando. Pero al mirar atrás, allí estaba el guarda Porras, acercándose al trote.

–¡Alto a la autoridad, forajido! ¡Bandolero! ¡Filibustero! ¡Sediciosooo!

Jacobo echó a correr de nuevo, pero Porras, que pese a su edad parecía estar en plena forma, le recortaba terreno. A punto estaba de alzar las manos y rendirse, cuando Jacobo oyó un doble estampido. Y, al instante, sintió en el trasero varios dolorosos picotazos. Lanzó un grito, creyéndose herido de muerte por una perdigonada. En realidad, eran cartuchos de sal y cuatro o cinco granos le habían alcanzado la nalga derecha.

Aquello bastó para darle nuevas fuerzas. Corrió como un gamo en una cacería, sin importar el dolor del pecho ni el escozor del culo ni el aire ardiente en los pulmones.

Corrió, corrió y corrió.

Unos minutos más tarde, oyó nuevos disparos de la escopeta de Porras, pero esta vez los sintió más lejanos. A pesar de lo cual, siguió corriendo. Sin contemplar el paisaje, tan hermoso, de suaves lomas cubiertas de viñedos. Sin mirar atrás.

Y tanto corrió que antes de terminar la mañana divisó a lo lejos un pueblo de bella estampa. Se dirigió hacia él y, tras alcanzar la protección de las primeras casas, respiró con alivio al comprobar que el guarda Porras no estaba a la vista. Quizá se había dado por vencido en algún momento de la persecución.

Por si acaso, se adentró en el pueblo hasta dar con una iglesia en la que acogerse a sagrado.

El templo estaba vacío por completo. Sin embargo, siguiendo la pista de unos extraños sonidos, entró en la sacristía y allí encontró al cura, tendiendo calcetines en un cordel que la cruzaba de parte a parte.

–No tardará en llover –dijo el cura a modo de saludo, al ver a Jacobo–, así que lo mejor es tender a cubierto, ¿no te parece, muchacho?

–Sí, claro, claro... Oiga, padre, ¿cómo se llama este pueblo?

–¿No sabes dónde estamos? Nájera. Y esta es la iglesia de la Santa Cruz.

–Nájera... –repitió Jacobo–. Yo creía que Nájera estaba en Andalucía.

El sacerdote sacudió la cabeza, con desagrado.

–¡Otro que tal...! Y cerca de unas cuevas muy famosas. ¿A que sí?

–¡Justo! Eso es.

–Lo que tú dices es Nerja. ¡Nerja, ignorante, no Nájera!

–¡Aaanda...!

Don Benjamín Fernández-Miquelarena era un cura vasco de los de alta talla, del pueblo alavés de Salinas de Añana. Tenía los ojillos diminutos, y la nariz, enorme. Enorme y muy desviada hacia la derecha a causa de un pelotazo recibido jugando al frontón, en sus años de seminarista.

Jacobo bajó la mirada y sintió que el destino lo había llevado hasta allí.

–Disculpe, padre, pero... ¿podría confesarme?

El cura miró al chico, luego al techo y resopló, con cierto fastidio.

–Dentro de un rato. ¿No ves que estoy con la colada?

–Es urgente. Si muero ahora, creo que voy al infierno de punta cabeza.

–¿Y por qué te vas a morir justo ahora, calamidad?

–Estoy muy enfermo. Tengo gonfletes.

Don Benjamín resopló algo ininteligible, se secó las manos en la sotana, cogió un taburete, lo plantó delante de una silla y se sentó en la silla.

–Tira –le dijo a Jacobo, señalando el taburete.

–¿Me pongo de rodillas?

–¿Pero tú eres tonto o qué te pasa? Si te pongo ahí un taburete será para que te sientes..., vamos, digo yo.

Jacobo obedeció y, sentado frente al cura, que lo escuchaba brazos en jarras, le narró su vida casi entera, desde el día de la visita de la tía Victoria hasta la reciente pedrada en la cristalera de la central eléctrica. Más de una hora tardó. Y al terminar, sacó del bolsillo cuatrocientas pesetas.

–¿Podría usted darles esto a los dueños de la central eléctrica? Para reparar la cristalera. Aunque igual cuesta más, no sé...

Don Benjamín tomó el dinero y lo alzó ante sus ojos unos segundos. Luego, se lo devolvió a Jacobo.

–Mira, cuando vuelvas a tu casa, dejas encendida la luz de tu cuarto toda una noche para gastar más electricidad de la cuenta. Y ya está. Bastante dinero tienen ya los dueños de la central eléctrica. ¡Que se las apañen!

–¿Y la penitencia?

–¡Ah, sí, la penitencia...! Tendrás que rezar un padrenuestro.

Jacobo esperó.

–¿Eso es todo? –dijo, después.

–Sí. Bueno, no; hay una condición más: rezarlo al oído del apóstol Santiago. –Jacobo parpadeó–. ¡Sí, hombre! Cuando llegues a Compostela, mientras le das el abrazo al santo en la catedral, le rezas al oído un padrenuestro. Esa es la penitencia que te impongo.

Jacobo parpadeó unos segundos.

–Pero... ya le he contado que no voy a Santiago. Como ya le he dicho, vuelvo a mi casa.

–¿A tu casa? De eso, nada, maño. Has llegado desde Canfranc hasta Nájera... ¿y vas a darte ahora media vuelta? Ni lo sueñes. O llegas a Compostela o no te absuelvo y te vas al infierno. ¡De punta cabeza, como tú dices!

Ahora sí, Jacobo cayó de rodillas.

–Pero, padre, no podré llegar a Santiago –gimoteó–. Apiádese de mí. ¡Tengo gonfletes!

–¡Y yo, los pies planos, no te fastidia...! Mira, majo, tú vas a completar el Camino como yo me llamo Benjamín y mi abuela se llamaba Agripina. ¿Está claro?

Don Benjamín invitó a Jacobo a quedarse esa noche en la

casa parroquial. Y mientras preparaba para cenar un estupendo revuelto de ajetes y trigueros, le contó un montón de leyendas sobre el Camino, que él había recorrido, por dos veces, mucho tiempo atrás. En 1947 y en 1955, nada menos. Y le hizo prometer que le enviaría una tarjeta postal una vez lograda la Compostela, la credencial de la que se hace merecedor quien llega hasta Santiago habiendo recorrido al menos cien kilómetros andando.

Luego, ambos se comieron el revuelto directamente de la sartén, que don Benjamín puso en el centro de la mesa sobre un salvamanteles hecho con el aura metálica de un san Antón de madera tristemente devorado tiempo atrás por la carcoma.

Undécima jornada

DE NÁJERA A SANTO DOMINGO DE LA CALZADA

sábado, 9 de octubre

BARRO EN EL CAMINO

Aquella noche llovió sin parar.

A la mañana siguiente, en el momento en que Jacobo debía partir, los caminos parecían arroyos; y los campos eran todo barro.

Don Benjamín decidió acompañar a Jacobo durante los primeros kilómetros. Le prestó una capa impermeable y, después de coger él otra, salieron ambos de Nájera, camino de Santo Domingo de la Calzada, que era la meta de la siguiente etapa.

Casi sin darse cuenta, entretenidos por la conversación, dejaron atrás la villa de Azofra, llegando hasta la Fuente de los Romeros, en el cruce con la carretera que lleva a San Millán de la Cogolla.

–Yo me doy aquí la vuelta, Jacobo. Que tengas buen camino. Y no te rindas. Cuando te falten las fuerzas, recuerda: O a Santiago... ¡o al infierno!

Jacobo sonrió y abrazó al cura.

Cuando ya se separaban, Jacobo lo llamó por última vez.

–Don Benjamín..., ¿usted por qué hizo el Camino? ¿También para pedirle un favor al santo?

–¡Naturalmente! Quería que el apóstol me enderezase la nariz. ¡Y, como ves, obró el milagro! Santiago siempre concede lo que se le pide con fe. ¡*Agur*, chaval!

GALLINA ASADA

Cuando Jacobo llegó, algunas horas después, a Santo Domingo de la Calzada sin que hubiese dejado de diluviar ni un solo instante, se encontraba empapado hasta los tuétanos a pesar de la capa impermeable que le había prestado don Benjamín.

Al pasar por delante de la catedral, entró en ella para secarse un poco y ofrecer mejor aspecto al llegar al albergue. Y allí conoció la leyenda.

Después de cenar, escribió en su cuaderno:

> En Santo Domingo de la Calzada hay un gallinero dentro de la catedral, donde tienen una gallina y un gallo. Es un recuerdo de la leyenda de la gallina que, después de asada, se levantó del plato del juez para cantar, manifestando así la inocencia de un condenado.

Yo conocía la leyenda porque don Ansaldo nos la contó en la escuela. Por eso, el dicho de esta localidad es: «Santo Domingo de la Calzada, donde cantó la gallina después de asada».

Duodécima jornada

DE SANTO DOMINGO DE LA CALZADA A LA OSCURIDAD

domingo, 10 de octubre

LA VENTA DEL SARMIENTO

El tiempo se había vuelto definitivamente áspero y desapacible.

Jacobo lo estaba pasando mal.

Tras cruzar la raya de Burgos, el trazado del camino se desdibujaba y resultaba fácil perderse. Sin embargo, pese a las dificultades, Jacobo seguía adelante. Nájera y el padre Miquelarena habían cambiado las cosas. El objetivo ya no era regresar a casa lo antes posible, sino llegar a Santiago a toda costa. Fuera como fuese. Cuando volviera a ver a su madre sería para decirle que había alcanzado su propósito y era un hombre nuevo; un hombre sin gonfletes.

Pero el Camino no se lo iba a poner fácil.

Tras un par de horas de marcha, Jacobo se percató de que algo no iba bien. El paisaje resultaba de una desolación abrumadora. Hacía muchísimo rato que no se cruzaba con ningún otro caminante o peregrino. Debería haber atravesado varios pueblos, pero no había sido así. ¿Dónde estaba Redecilla del Camino? ¿Y Castildelgado? ¿Dónde Villamayor del Río o Belorado?

Jacobo sintió una garra invisible que le apretaba las tripas al entrever la posibilidad de haberse extraviado. Pensaba ya en volver sobre sus pasos cuando le llegó, nítido en medio de aquel silencio espeso, un sonido de cascabeles. Al principio, le costó establecer su procedencia. Por fin, descubrió que tenía su origen en una carroza fúnebre tirada por dos caballos zainos, con las testas coronadas por penachos de plumas negras y que surgió inesperadamente de entre la neblina. Se le acercaba.

Jacobo tragó saliva mientras sentía que un miedo irracional se le adhería a los huesos. Descubrió a la izquierda un camino que se separaba del principal y, sin pensárselo dos veces, se adentró por él con paso apresurado, con la esperanza de perder de vista el coche mortuorio, que tan mala espina le daba.

Pero no tardó en escuchar a su espalda, mucho más cerca que antes, el sonido de los cascos y el tintineo de los cascabeles, pues el siniestro carruaje había tomado su mismo desvío. Y ello pese a que la senda, a todas luces, era demasiado estrecha para permitirle el paso.

Ya sin disimulo, Jacobo echó a correr, presa del pánico.

Corrió y corrió con desespero hasta que, al salir a un claro del bosque, inexplicablemente, se topó de manos a boca con el coche fúnebre detenido junto a la tapia de un corralón abandonado. Jacobo quedó petrificado. Los dos caballos lo miraron con indiferencia. Y él, aunque no quería hacerlo, no pudo evitar alzar la vista hacia el rostro del cochero, que permanecía sentado en el pescante.

Estuvo a punto de lanzar un grito al descubrir que, bajo la chistera, no se adivinaba sino un vacío oscuro y difuso, como el que se percibe al asomarse a una caverna.

Jacobo echó a correr de nuevo, abandonando el camino. Corrió y corrió, entre traspiés y tropezones, al borde del desmayo, hasta caer de rodillas junto al tronco de un enorme abedul.

Casi sin aliento, miró hacia lo alto y, entre la bruma, divisó varias construcciones.

–Por fin... ¡Un pueblo!

«Villar de Sacamantecas», decía un indicador metálico acribillado a perdigonadas a la entrada de la población.

Era localidad de las de una sola calle. Las casas, paupérrimas, aparecían todas ellas cerradas a cal y canto.

No se oía un alma ni se veía un suspiro.

Jacobo se sentía agotado. Más agotado de lo que recordaba haber estado nunca. Y, de pronto, se topó con la sorpresa de descubrir un establecimiento abierto.

VENTA DEL SARMIENTO
CERVEZA - MERIENDAS

El techo era tan bajo que la cabeza de Jacobo casi rozaba las vigas, renegridas por decenios de humo de hoguera. El lugar no podía ser más oscuro y miserable, con tan solo dos mesas, en una de las cuales tres parroquianos echaban una partida de fichas y dados sobre un tablero.

Con la entrada de Jacobo cesaron los murmullos. También el tintineo de los dados contra el cubilete.

Se acercó al mostrador. El ventero era un tipo de grandes patillas y aspecto de bandolero penibético.

–Buenas noches. ¿Se puede cenar? –le preguntó Jacobo.

–Pagando.

–Por supuesto. ¿Qué tiene?

El ventero se acodó en la barra, acercándose a Jacobo.

–Huevos –respondió.

–¿Puede hacerme una tortilla, entonces?

El ventero asintió y marchó a la cocina.

–¿Una partida, joven? –preguntó entonces uno de los jugadores–. A real la mano.

Jacobo se extrañó. El real era una moneda antigua, fuera de uso.

Sin embargo, sobre la mesa vio seis piezas de plata y dio por seguro que se trataba de auténticos reales.

–Después de cenar, quizá –se excusó.

Volvieron los tres hombres a su partida y Jacobo aprovechó para observarlos con detenimiento.

Uno de ellos tenía en blanco el ojo derecho, como si el globo ocular se le hubiera dado la vuelta repentinamente, y de la órbita muerta asomaba el nervio óptico, trazando un bucle antes de desaparecer bajo el párpado inferior.

El jugador sentado a su derecha carecía de nariz. Y el irregular borde de la herida permitía suponer que alguien se la había arrancado de un mordisco. Su respiración sonaba como el soplido de una bomba de bicicleta.

El tercero no tenía pelo ni siquiera en las cejas. A cambio, lucía un grueso clavo de hierro, de cuadradillo, hincado en el lateral izquierdo de su cráneo, a la altura del hueso temporal, cosa que, sin embargo, no parecía molestarle lo más mínimo.

Era este último quien hacía sonar el dado dentro del cubilete, agitándolo con su único brazo, pues también era manco. Tiró por fin los dados y el resultado provocó el alborozo de sus compañeros. Jacobo se fijó en el tablero. Jugaban a la oca, pero no sobre el recorrido habitual, sino sobre otro, más corto, de tan solo cincuenta y ocho casillas. La última, por tanto, no era el jardín de la oca..., sino la muerte.

Y el calvo acababa de ganar la partida.

Cuando empujó su ficha con el índice hasta situarla sobre la calavera final, el hombre sufrió una convulsión, se llevó al pecho su única mano y, acto seguido, entre las carcajadas de sus compañeros, emitió un gorjeo siniestro y se desplomó de bruces sobre la mesa.

Horrorizado, Jacobo cogió su mochila al vuelo y, sin esperar la tortilla, salió a todo correr de la venta del Sarmiento.

MONTES DE OCA

La noche del domingo 10 al lunes 11 de octubre

Jacobo, sin aliento, avanzó a través de la oscuridad intentando poner distancia lo antes posible con aquel lugar horrendo, seguro como ya estaba de que Villar de Sacamantecas no figuraba en los mapas de los hombres vivos.

Corrió y corrió, casi a ciegas. Y no redujo la marcha cuando empezó a llover de nuevo; pero pronto se sintió febril, fríos los pies, y la cabeza, ardiente.

Sus pasos lo condujeron a una pequeña hoya en cuyo fondo creyó Jacobo distinguir el contorno de los restos de un viejo edificio. Pensó que quizá allí pudiera resguardarse de la lluvia.

No podía saberlo, pero acababa de topar con las ruinas de la abadía perdida de Malquetepese, antiguo hospital de peregrinos abandonado en el siglo XVI tras un corrimiento de tierras que casi lo sepultó por completo, junto con todos cuantos lo habitaban aquella noche fatal.

Mientras se acercaba, el viento parecía susurrar entre los árboles: «¡Huye, muchacho, huye...! ¡Lárgate de aquí!».

Jacobo no se tenía por cobarde, pero tuvo que hacer un esfuerzo notable para desobedecer al viento.

De la enorme iglesia solo quedaban en pie algunas columnas y restos de la bóveda central, con su decoración de flores y hojas labradas en la piedra. Pero también algunos personajes: un angelote descabezado o un curioso hombrecillo feo y sonriente, con un pellejo de vino entre las manos.

La única torre de la abadía había perdido dos de sus laterales y se alzaba contra el cielo, tenebrosa y rota, como el dedo carcomido de un leproso. Del resto de las dependencias, quedaban solo escombros enronados en arcilla y cubiertos de hiedra.

Curiosamente, aún olía ligeramente a ungüento de espino, a parches de brea y a caldo de paloduz, remedios antiguos para antiguas enfermedades.

Por los agujeros de la tapia del viejo cementerio, Jacobo observó cómo sobre las losas de piedra se elevaba una luz misteriosa; un resplandor verdoso, fantasmal, que flotaba en el aire. Eran los llamados fuegos fatuos, que los sepultureros conocen bien, pero que él jamás había contemplado. Se le antojó un espectáculo hipnótico y sobrecogedor.

Atemorizado hasta la sangre, Jacobo dio un paso atrás, perdió pie y, dando un grito, cayó cuan largo era en un hoyo rectangular, un sepulcro labrado en la propia roca. Y lo peor fue que el sepulcro se hallaba ocupado por los restos de un monje guarnicionero muerto cuatro siglos atrás. Y lo peor de lo peor fue que el monje, molesto por la intrusión, se incorporó de inmediato.

Estaba en los puros huesos, y aunque probablemente se sentía enfadado, su calavera no podía dejar de sonreír. De un salto, el esqueleto escapó de la fosa, dejando dentro a Jacobo, y, desde arriba, lo señaló con el dedo.

–*¡Iam tempus adventat!*[3] –gritó, rubricando la amenaza con una larga carcajada.

Jacobo se sintió sacudido por una oleada incontenible de horror y repugnancia. Salió fuera de la fosa con la rapidez de un antílope y, tratando de alejarse de Malquetepese, echó a correr, una vez más, por los bosques negros que tapizan los Montes de Oca.

Lo hizo como gallina sin cabeza, tropezando, cayendo y volviendo a levantarse sin descanso hasta que, por fin, al medir mal la distancia de un salto, quedó corto y rodó por la ladera de un barranco hasta su fondo, por el que discurría un riachuelo.

El batacazo fue fenomenal y le hizo perder el sentido.

De todo lo que ocurrió a continuación, Jacobo ya no fue

3 En latín: «Ha llegado la hora».

consciente. Yo te lo voy a relatar, si lo deseas; pero has de prometerme que nunca nunca se lo contarás a él.

MALMUERTA

Resonó, al poco, sobre el barranco, el sonido de los cascos de un caballo, un magnífico corcel negro, del que se apeó una mujer alta y delgada; hermosa, desde luego, aunque de una belleza inquietante.

Vestía como un príncipe antiguo, de negro y plata, y ocultaba uno de sus ojos tras un parche de cuero, mas no por tuerta, sino por simple coquetería.

La misteriosa mujer, a quien todos llamaban la Malmuerta, descendió hasta el fondo del barranco con movimientos seguros y, luego, aproximó su cara a la de Jacobo, comprobando que aún respiraba. Tras ello, lo abofeteó varias veces, para ver si reaccionaba, y, cuando el chico movió levemente la cabeza balbuceando incongruencias, ella se llevó los dedos a la boca y lanzó un silbido.

En lo alto del barranco, se recortó al poco, sobre el resplandor de la luna, la silueta de una mujer enorme, fuerte como un arriero, de fealdad suprema, jorobada y vestida con sencillas ropas de color blanco. De alguna manera, podía considerarse el negativo de la Malmuerta. Como si el mundo tuviera que compensar la hermosura de una con lo espantoso de la otra para mantenerse en equilibrio.

–Échame una mano –dijo la falsa tuerta–. No puedo con él. Está demasiado gordo.

Descendió la mujer de blanco con precaución hasta el

cauce del riachuelo, cargó con Jacobo sin dificultad y, una vez arriba, lo trasladó en brazos hasta depositarlo sobre la grupa del corcel.

–¿Estás segura de que nadie nos ha visto? –preguntó Malmuerta.

La otra negó con la cabeza. De su boca no salió ni una sola palabra, pues no tenía lengua. Ni falta que le hacía.

Malmuerta sonrió y le lanzó una moneda de oro de dos ducados, que la mujer de blanco capturó al vuelo.

–Cuidado con jugártela en la venta del Sarmiento, si no quieres llevarte un disgusto.

Tras ello, la mujer de negro y plata saltó a la grupa de su caballo y, manteniendo a Jacobo como un fardo sobre los cuartos traseros del animal, desapareció en la oscuridad, monte arriba.

Décima tercia jornada

DE LA OSCURIDAD A BURGOS

lunes, 11 de octubre

MORIR Y VOLVER A NACER

Seguro que has oído alguna vez hablar de personas que «vuelven a nacer». Se dice de quienes han estado al borde de la muerte pero han logrado evitarla en el último momento. Y también de quienes pasan por una experiencia tan tremenda que les cambia por completo la vida.

En la antigüedad, los maestros constructores de catedrales, tras recorrer el Camino de Santiago, tenían la costumbre de labrarse su propio sarcófago en la dura piedra del granito gallego y pasar una noche entera durmiendo en su interior. También muchos peregrinos, tras abrazar al santo, caminan hasta Fisterra, el antiguo fin del mundo, para bañarse en las aguas del océano.

Son maneras de nacer de nuevo. De proponerse de ahí en adelante ser diferentes y mejores.

EL MOLINO

Jacobo despertó con la cabeza como un tambor.

Se incorporó con esfuerzo en un catre malamente improvisado con un cañizo. Se frotó los ojos. Se palpó los brazos y las piernas sin encontrar lesiones. No sabía cuánto tiempo llevaba allí tumbado ni cómo había terminado en ese lugar. Lo último que recordaba era el barranco, el agua helada de su fondo, la muerte llegando.

Miró a su alrededor.

Se encontraba entre los restos de una casa abandonada en mitad del bosque. Aún tambaleante, empujó la puerta y salió. Se sentía febril y bajó hasta el riachuelo para aliviar su sed.

Hacía buen rato que había amanecido. El sol intentaba abrirse paso entre las nubes. Había dejado de llover, pero el suelo era aún puro charco.

Volvieron a su memoria retazos de los acontecimientos de la noche anterior en la venta del Sarmiento y la abadía de Malquetepese. Y aunque tenía la mente llena de incógnitas, decidió que no necesitaba respuestas, sino alejarse de allí lo antes posible.

Regresó corriendo junto al catre para recuperar sus cosas, alzó la vista, buscó el sol y echó a andar aproximadamente hacia el oeste.

En apenas media hora, caminando a buen paso, llegó al límite del bosque. Aquello le ensanchó el corazón. Y mucho más lo hizo el distinguir, a no mucha distancia, un talud de tierra que anunciaba la presencia de las vías del ferrocarril.

Riendo y gritando, alcanzó Jacobo los raíles y echó a andar por las traviesas de madera, saltando sobre una de cada dos.

Se sentía contento. No era para menos: había regresado a la civilización. A la vida.

FRÍAS, EL IRRESPONSABLE

Al cabo de un rato, Jacobo avistó la caseta de un guardagujas. Y dentro de la caseta, como el caracol en su concha, halló al guardagujas.

José Frías, se llamaba, y era natural de Pancorbo. Se trataba de un hombre afable que llevaba empleado en la RENFE desde el mismo día de su fundación, veintinueve años atrás, nada menos.

Tras indicarle que le quedaban quince kilómetros hasta Burgos, el hombre invitó a Jacobo a un café, que el chico aceptó.

–De modo que te perdiste y has pasado la noche en el monte.

Jacobo asintió con la cabeza. Frías cruzó los brazos sobre el pecho y afiló la mirada sobre Jacobo.

–¿Pasaste por la venta del Sarmiento?

Jacobo dio un sorbo al café, contuvo un escalofrío y asintió.

–¿Y también por Malquetepese?

–Sí, también.

Frías lanzó un silbido.

–Está claro que le has caído en gracia a la duquesa. Nada bueno ni malo ocurre en sus tierras sin que ella lo consienta.

–¿Qué duquesa es esa?

–La duquesa de Montesdeoca. Aunque todos la llaman la Malmuerta porque en un duelo la hirieron de muerte, pero, asombrosamente, sobrevivió.

–¿Usted la ha visto?

–¿En persona? ¡Qué va! Solo sé lo que cuentan de ella: que es muy hermosa y más valiente que ningún hombre; y que dirige sus tierras con mano de hierro. Entre otras cosas, es la dueña de Salóbriga, la ciudad de los piojos.

–¿Una ciudad llena de piojos? ¡Qué asco!

–¡No, hombre...! –dijo Frías, riendo–. Es el nombre que se les da a los estudiantes, porque casi todos ellos son tan pobres como piojos.

–Entonces... ¿además de los montes, la duquesa posee una ciudad?

–Una ciudad tan grande que hasta tiene universidad.

–¿Usted ha estado allí?

Frías negó de nuevo.

–No, no..., yo jamás abandono mi puesto. Pero ¿por qué haces tantas preguntas y tan raras? Anda, tómate el café antes de que se enfríe.

Jacobo apuró su café y se dispuso a marcharse. Cuando iba a hacerlo, se volvió hacia el ferroviario.

–¿No se aburre usted aquí solo, sin nada que hacer?

–Estoy al cuidado del cambio de agujas. Es una tarea importante.

–Discúlpeme, pero... yo no veo aquí ningún cambio de agujas. Solo hay una recta larguísima, sin desvío alguno.

Frías se removió, inquieto.

–¡Pero estaba previsto, que conste! –exclamó, alzando el dedo–. Aquí, en el proyecto original de la línea, iba una vía de apartadero, con su desvío de entrada y su desvío de salida. En el último momento, por lo visto, un ingeniero decidió que no hacía falta ningún apartadero, aunque la plaza de guardagujas ya estaba convocada. Pero no se lo digas a nadie o perderé mi empleo. Y es un empleo estupendo. El sueldo es bajo, sí; pero la faena es escasa y tengo poquísima responsabilidad.

–Entiendo. Descuide. Por mí, nadie lo sabrá.

Jacobo esbozó una sonrisa y, con un abrazo, se despidió de Frías, el guardagujas sin responsabilidad. Le dolía la cabeza.

Se prometió regresar algún día a esta comarca para visitar la ciudad de los piojos y quizá conocer en persona a la duquesa.

BURGOS

Después de tres horas de marcha, Jacobo divisó la ciudad de Burgos desde un altozano. Moría el día cuando la tuvo a su alcance.

Su primera intención fue la de entrar en ella por el arco de Santa María y dirigirse a la catedral, cuyas bellísimas agujas destacaban sobre los tejados pardos.

Pero, de súbito, le fallaron las fuerzas.

La fiebre no le había abandonado en todo el día y se sintió flaquear mientras avanzaba por el camino de Los Cubos, a los pies de la muralla. Se detuvo, sintiendo que el mundo temblaba. Muy cerca, vio un banco de piedra, junto a la entrada de una casa. Con un supremo esfuerzo, lo alcanzó y se dejó caer en él.

Cerró los ojos.

Décima cuarta jornada

EN BURGOS

martes, 12 de octubre, Día del Pilar

DE TODOS LOS COLORES

Cuando Jacobo se despertó ya era otro día.

Y se despertó con la sorpresa de que cuatro pares de ojos lo miraban con curiosidad, como si fuera un bicho raro. Cada par de ojos tenía el iris de un color diferente: pardo, azul, negro y gris; eran los ojos de cuatro chicas jóvenes, tan hermosas que a Jacobo le parecieron ángeles.

«Debo de estar en el cielo –pensó–. Sin duda, he muerto. Pobre de mí. Me acompaño en el sentimiento.»

–¡Se ha despertado! –exclamó la de los ojos pardos–. Voy a avisar a doña Pilar.

–¡Hola! Hola, hola, ¿cómo te llamas? –le preguntó la de ojos azules.

–Jacobo...

–¡Huy, Jacobo! ¡Qué gracioso! ¿Y cómo te encuentras, Jacobo?

–No sé. ¿Estoy vivo o muerto?

–¡Ay, qué risa! Que si está muerto, dice. De momento, vivo. Aunque has dormido doce horas seguidas y sigues teniendo fiebre. Te desmayaste a la puerta de nuestra casa.

Para tomarle la temperatura, la muchacha le apoyó la mano en la frente. Tenía la piel fría, pero a Jacobo le causó una maravillosa sensación. Y es que aquella chica tenía una sonrisa irresistible. Todas eran hermosas, pero ella más que ninguna. Tan guapa como Rosario, la gitana que encontró al principio de su viaje. Quizá más.

–Ahora vendrá doña Pilar y ella decidirá qué hacer.

–¿Y tú cómo te llamas? –se atrevió a preguntarle Jacobo.

–Consuelo –respondió la chica–. Aunque hay gente que me llama Vicky.

–¿Por qué?

–¿Por qué, qué?

–¿Por qué hay gente que te llama Vicky, si te llamas Consuelo?

–No seas preguntón.

–¿Eres artista?

Consuelo se echó a reír.

–¿Por qué lo dices?

–Porque los artistas se cambian de nombre. Se ponen un nombre falso que queda mejor en los carteles.

–Quizá sí soy un poco artista.

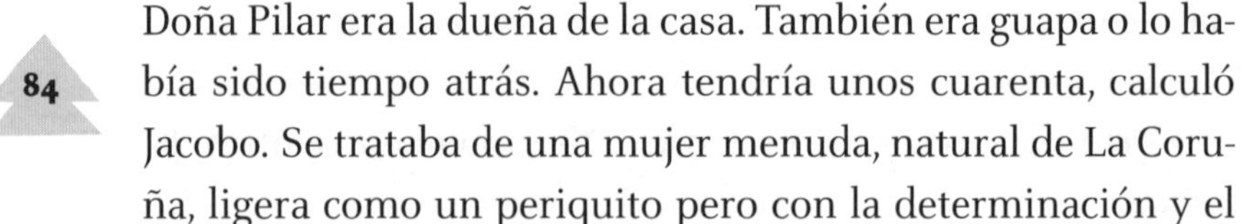

Doña Pilar era la dueña de la casa. También era guapa o lo había sido tiempo atrás. Ahora tendría unos cuarenta, calculó Jacobo. Se trataba de una mujer menuda, natural de La Coruña, ligera como un periquito pero con la determinación y el

garbo de María Pita. Le hizo gracia que Jacobo se dirigiera a Galicia, su tierra.

Doña Pilar decidió llamar a don Mario, que era un médico de toda confianza. La chica de los ojos pardos se ofreció para ir a buscarle.

–A ver qué le pasa a este muchacho... –dijo don Mario, entrando en la pieza.

–Yo ya sé lo que me pasa, doctor –dijo Jacobo–. Tengo gonfletes.

El médico, que usaba perilla, se la rascó, sin dejar de mirar a Jacobo.

–¿Y eso qué es? –preguntó.

–¿Es usted médico y no sabe lo que son los gonfletes?

–Ni idea, chaval. Yo sé lo que es la gonorrea, pero eso de los gonfletes... Quizá lo explicaron en la facultad el único día que falté a clase –ironizó el galeno.

Don Mario le tomó la fiebre, le miró la lengua, lo auscultó, le hizo toser y decir treinta y tres, le tomó el pulso y le preguntó si últimamente iba más bien suelto o más bien estreñido. Por fin, dictó sentencia. O sea, diagnóstico.

–Ni gonfletes ni gonfletas. Has cogido un buen resfriado y tienes algo de fiebre, pero yo creo que en un par de días estarás como nuevo. Descanso, comer caliente y una aspirina tres veces al día. Eso es todo.

Doña Pilar mandó instalar a Jacobo en una habitación pequeña, en la que pasó adormilado prácticamente todo el Día del Pilar. Las cuatro chicas se turnaron para llevarle algo de comer y darle las aspirinas. Por la noche, fue Consuelo la que apareció con un plato de sopa espesísima y reconstituyente.

–¿Cómo estás?

–Me parece que aún tengo fiebre.

Ella sonrió y le apoyó la palma de la mano en la frente durante un rato muy largo.

–No. Creo que ya no.

–Pues tengo mucho calor.

–Será un sofoco.

Ella le fue dando la sopa a cucharadas.

–Ahora, a dormir –le dijo al terminar, mientras le limpiaba los labios con una servilleta–. Seguro que mañana ya estarás mejor.

–¿Tú también te vas a dormir?

–Más tarde. Todavía no. Tengo cosas que hacer.

Esa noche, Jacobo soñó con Consuelo. Durmió bien, aunque se despertó varias veces por culpa de unos ruidos muy raros que se oían por la casa.

Décima quinta jornada

TODAVÍA EN BURGOS

miércoles, 13 de octubre

PAPAMOSCAS

Jacobo despertó a la mañana siguiente muy recuperado y, al final de la mañana, obtuvo permiso de doña Pilar para salir a la calle. Enseguida se añadió a un grupo de turistas belgas, a los que siguió hasta la catedral, y esperó junto a ellos el toque del Papamoscas.

> *El Papamoscas es un muñeco mecánico de madera muy pero que muy gracioso. Es un verdadero robot de la época del Renacimiento que viste como un figurín y toca la campana cuando el reloj da las horas. Había mucha gente esperando el momento y todos nos hemos reído al verlo tocar con su cara de cómico antiguo.*

Al salir de la catedral, Jacobo compró una caja de perronillas para doña Pilar y sus chicas y un libro ilustrado sobre la vida del Cid Campeador, para su abuelo. Y enseguida regresó a la casa, pues de nuevo se sentía cansado, las tripas le rugían de hambre y tenía muchas ganas de contemplar de cerca los ojos azules de Consuelo.

Décima sexta jornada

DE BURGOS A CASTROJERIZ

jueves, 14 de octubre

JUEGO DE PALABRAS

Cuando Jacobo se levantó al día siguiente dispuesto a seguir camino adelante, le esperaba, dentro de una fiambrera, una tortilla de patata de dimensiones formidables. La había cocinado para él Luisa, la muchacha de los ojos grises. El único problema era que la tortilla pesaría no menos de tres kilos. Mucho peso para la mochila de un peregrino.

Cantaban los gallos desde el monasterio de Las Huelgas cuando Jacobo se despidió de doña Pilar y sus cuatro chicas.

–Si vuelves a pasar por Burgos, ya sabes dónde estamos –le dijo Consuelo, al tiempo que le dejaba en la mejilla un beso breve y, en apariencia, descuidado. Un beso que hizo que a Jacobo le temblasen las rodillas.

Jacobo le prometió enviarle una postal cuando llegase a Compostela.

Salió de Burgos con la ilusión renovada y, tras recorrer los primeros kilómetros en cuesta, abandonando con ello el valle del río Arlanzón, se abrió ante sí el inmenso paisaje de la estepa castellana. El camino trazaba una línea recta que parecía llegar al infinito.

Jacobo hinchó los pulmones al máximo, sacudió los hombros para acomodarse la mochila y se zambulló en el páramo.

–«El ciego sol, la sed y la fatiga –recitó a Machado, con la misma entonación de don Ansaldo– por la terrible estepa castellana, al destierro, con doce de los suyos, polvo, sudor y hierro, el Cid cabalga.»

El camino que esperaba a Jacobo durante las siguientes jornadas en nada se parecía al recorrido por tierras aragonesas, riojanas o navarras, de tan variado paisaje. Ahora tenía por delante doscientos kilómetros de llanuras. Un avanzar monótono, trazado con tiralíneas y flanqueado por campos de cultivo que siempre parecían el mismo. Muy de cuando en cuando, un pueblo enjuto donde distraer la vista y, con mucha suerte, hallar a alguien con quien cambiar unas palabras.

Pero a Jacobo no le importaba.

Se sentía bien. Desde su salida de Canfranc había conocido a un buen montón de personas que le habían dado cariño y apoyo en su aventura. Y eso era algo que no podía ni imaginar antes de tomar la decisión más descabellada de su vida. Ahora, empezaba a parecerle una buena decisión.

Hacia la una del mediodía, el sol, la sed y la fatiga, como le ocurriera al Cid, comenzaron a hacer mella en el ánimo de Jacobo. Pero él no era el Cid Campeador. ¡Él era mejor!

–¡Adelante, Jacobo! –exclamó, brazos en alto.

Un rato después, a la sombra de un árbol solitario, Jacobo se comió la octava parte de la enorme tortilla de patata que le había cocinado Luisa.

Cuando reanudó la marcha, se sentía tan contento que, para matar el tedio, comenzó a jugar a veoveo consigo mismo. No sería lo mismo que cuando jugaba con su madre y sus hermanos, pero esperaba que le sirviese para pasar el rato.

–Veo, veo –dijo Jacobo.

–¿Qué ves? –se preguntó Jacobo.

–Una cosica –se contestó Jacobo.

–¿Y qué cosica es? –volvió a preguntar Jacobo.

–Empieza por a y termina por a –se explicó Jacobo a sí mismo.

«Caramba, qué difícil», pensó Jacobo mientras miraba a su alrededor buscando la solución al enigma.

Echó un vistazo a los ribazos del campo, buscando una amapola. Pero no había amapolas en aquella época del año. Todo lo que vio fueron matojos, un tractor verde, una nube de polvo, el camino, un bosquecillo de encinas, los postes del telégrafo y un abejar cercano hacia el que zumbaban...

Jacobo se palmeó la frente.

–¡Abeja! –gritó Jacobo señalando una abeja, alborozado.

–Veo otra cosica –se dijo–: esta empieza por be y termina por a.

Jacobo frunció el ceño. Caray, qué difíciles se las ponía Jacobo.

–¡Ya lo sé! ¡Bellota! –respondió, al pasar junto al bosquete de encinas.

–Esta empieza por ce y termina por a.

–¡Cantimplora! –se respondió, palpando la cantimplora vacía que colgaba de su mochila.

El camino pasaba ahora junto a un riachuelo flanqueado por chopos.

–Ahora empieza por hache...

–¡Chopera!

Al rato, se cruzó con una mujer que tiraba de un borrico cargado de berzas.

–¡Dueña!

Al sur, sobre un otero, se recortaba la silueta de una ermita.

–¿Ermita? –se preguntó Jacobo–. ¡No! Es demasiado fácil.

Se oyó la campana de la ermita.

–¡Espadaña! –gritó Jacobo, alborozado–. Esa es buena, ¿eh?

Siguiendo el camino, Jacobo llegó enseguida al pueblo de Hontanas y recorrió la calle Mayor, que seguía el trazado del camino. Algunos de los portales de las casas estaban abiertos y Jacobo se fijaba con atención en los objetos que quedaban a la vista para seguir con el juego.

–Faja..., garrafa..., hebilla...

Pasó por delante del cuartel de la Guardia Civil.

–¡Insignia!

Cruzó ante la barbería.

–¡Jarra!

Al llegar a la letra ka, Jacobo se atascó. Aunque no solía darse por vencido, le parecía imposible encontrar una cosa a la vista cuyo nombre empezase por ka y terminase con a, como le pedía Jacobo.

Pero a la salida del pueblo vio una cantina. Pegado en el cristal de la puerta, había un adhesivo publicitario: «Beba Konga».

–¿Qué demonios será «Konga»?

Entró en la cantina, oscura y fresca, y se acercó al mostrador.

–Hola. Me da una Konga, por favor.

–Se me han terminado. ¿No prefieres un Kas?

–No, no... Kas termina por ese. No me vale.

El hombre miró a Jacobo como si fuera un bicho raro.

–Espera..., puede que me quede una. Voy a ver.

Jacobo se moría de curiosidad.

El cantinero removió las botellas del fondo de una nevera de hielo y al fin sacó una botella de vidrio de medio litro. Serigrafiada en diagonal, podía leerse en letras rojas la palabra «Konga». Era una gaseosa.

–Las fabrican en Zaragoza. Un repartidor pasó por aquí hace un par de meses, me hizo gracia y me quedé una caja.

–¡Qué casualidad! –exclamó Jacobo–. Yo soy de Canfranc, en Huesca.

–Pues qué bien –dijo el tabernero, con desinterés–. ¿Qué? ¿Te la vas a tomar aquí o te la llevas para el camino, peregrino de Huesca?

Jacobo pagó siete pesetas por ella y salió con la Konga a la calle.

En un banco de la plaza se comió otro medio cuarto de la tortilla de patata. Era una tortilla perfecta. Ojalá no se acabase nunca, pensó.

Caía la tarde cuando continuó camino adelante por las interminables llanuras castellanas. Estaba muy entretenido con su juego.

Lata... Llanta... Manta... Navaja...

Al llegar a la eñe, Jacobo se volvió a atascar.

Continuó caminando. A un lado del camino vio una corraliza cerrada por una cerca de alambre. Uno de los postes de la cerca había cedido y alguien lo había sustituido con el esqueleto de un viejo paraguas.

–¡Ñapa! –exclamó Jacobo, al contemplar la chapuza.

Luego vinieron ortiga, panocha, quijada, rueda, suela, tabla...

A dos kilómetros de Castrojeriz se hallaban las ruinas del antiguo convento de San Antón. Dos de los contrafuertes de la iglesia del convento formaban un impresionante arco bajo el que transitaba el camino. Sobre uno de los contrafuertes, un pájaro negro y blanco miraba a Jacobo con descaro.

–¡Urraca, urracaaa! –le gritó Jacobo.

–¡Craaac...! –contestó el pájaro al emprender el vuelo, asustado.

El sol rozaba la línea del horizonte cuando llegó a Castrojeriz.

–Villa –dijo Jacobo.

Y, al llegar a la equis, no lo dudó ni un momento: abrió la mochila y sacó el libro sobre la vida del Cid que le había comprado a su abuelo. En la cubierta aparecía Rodrigo Díaz de Vivar con su esposa; ella, a lomos de un caballo blanco.

–Ximena –dijo por lo bajo Jacobo, con cierto aire reverencial.

A la entrada del pueblo, Jacobo adelantó a un boyerizo que conducía una pareja de bueyes.

–Yunta.

Poco antes de llegar al albergue, en una plazuela, vio una pequeña zapatería. Jacobo se acercó al escaparate. Tras el cristal, junto a un par de botas de trabajo, vio unas *maripís* en todo idénticas a las que Falgás y él mismo habían comprado por separado en Sangüesa.

–¡Zapatilla! –gritó alborozado Jacobo–. ¡Y fin del juego!

Incluso bailoteó un poco, como si estuviese celebrando un gol de su equipo en la final de la Copa de Ciudades en Feria.

Entonces se dio cuenta de que apenas había comido en todo el día –tan solo un cuarto de tortilla, en total– y eso a pesar de haber recorrido más de cuarenta kilómetros aquella jornada. Se dio cuenta de que se trataba de una circunstancia asombrosa. Antes de emprender su aventura, se habría podido comer no una, sino tres tortillas como aquella. Y aún se habría quedado con hambre.

Entonces, de reojo, vio algo aún más extraño. Se vio a sí mismo, reflejado en el escaparate de la zapatería. Durante un par de segundos no se reconoció. Se acercó y se palpó la cara con las manos. Notó una sensación extraña.

–Los gonfletes... –susurró–. ¿Es posible que estén desapareciendo?

En la imagen que se reflejaba en el improvisado espejo, también vio con claridad que la ropa le venía grande. Y comprobó que llevaba el cinturón abrochado en el penúltimo agujero.

Se estuvo contemplando un rato, de frente y de perfil, hasta que unos transeúntes se lo quedaron mirando, con una sonrisa. Entonces, se echó al hombro su mochila y se dirigió al albergue dispuesto a compartir con los otros peregrinos el resto de la tortilla de Luisa, la chica de los ojos grises.

Décima séptima jornada

DE CASTROJERIZ A FRÓMISTA

viernes, 15 de octubre

CONFERENCIA CON DEMORA

Se levantó Jacobo muy temprano.

Era el día del cumpleaños de su madre y había soñado que sería un buen regalo llamarla por teléfono para felicitarla.

En su casa no tenían teléfono, pero podía llamar a la estación internacional del ferrocarril, donde trabajaban sus hermanas, y que alguna de ellas fuese a avisarla.

Con esa determinación, Jacobo salió de Castrojeriz cuando daban las siete en la torre de la iglesia de Nuestra Señora del Manzano. Por cierto, que el manzano se debía de haber secado siglos atrás, porque no había ninguno en los alrededores del templo. Le esperaban veinticinco kilómetros hasta la villa de Frómista, ya en la provincia de Palencia.

El último tramo de la etapa discurría junto al canal de Castilla, por donde vio navegar una gabarra.

–¡Buen camino, chico! –le gritó el gabarrero–. ¡Vaya marcha me llevas! ¡Se ve que tienes prisa por llegar a Santiago!

–¡Solo por llegar a Frómista! ¡Tengo que poner una conferencia para hablar con mi madre!

Y Jacobo aceleró la marcha un poco más.

Por fin, tras cruzar un último puente sobre las esclusas del canal, Jacobo llegó a Frómista con la lengua fuera.

Sin perder tiempo, se dirigió al locutorio de la Compañía Telefónica Nacional de España, en el entresuelo de un caserón situado junto al ayuntamiento.

CTNE

La oficina tenía techos altos, un mostrador con ventanilla única y tres cabinas contiguas de madera que se cerraban con una cortinilla. Al fondo, un banco largo, como de iglesia, y una estufa de carbón. Ni un solo cliente.

Sobre una mesa, Jacobo encontró todas las guías telefónicas de España. Buscó la de Huesca y, en ella, el número de la estación de Canfranc. Lo anotó en un papel y se acercó a la ventanilla.

La telefonista tenía un genio de mil demonios y un rostro que a Jacobo le resultó conocido, aunque no lograba averiguar por qué.

–¿Canfranc? ¿Canfranc, Huesca? –gruñó la mujer–. ¿Y no prefieres llamar a Sebastopol, que sería más fácil?

–Es que... mi madre vive en Canfranc, no en Sebastopol.

–¡A mí me importa una porra dónde viva tu madre! Tendré que llamar a Palencia, de Palencia a Madrid, de Madrid a Zaragoza, de Zaragoza a Huesca y de Huesca a Canfranc. ¡Cinco compañeras al mismo tiempo! ¡Te parecerá bonito!

–Yo...

–Vuelve dentro de una hora –dijo, entregándole un papel con un número–. ¡Y no te retrases!

Jacobo dedicó aquel tiempo a recorrer la villa, que le pareció hermosa y crecida. Hablando con un tendero se enteró de que en el *Liber Sancti Iacobi*, la primera guía escrita sobre el Camino, en el siglo XII, Frómista ya figuraba como final de etapa.

> *La antiquísima iglesia de San Martín de Tours, en Frómista, se parece mucho a la catedral de Jaca y me ha traído recuerdos del comienzo de mi viaje. ¡Qué lejano me parece ahora todo aquello!.*

A las doce del mediodía, Jacobo regresó al locutorio. La ventanilla estaba cerrada y llamó al cristal con los nudillos.

–¡Hora del almuerzo! –exclamó la telefonista, desde dentro.

Jacobo se sentó a esperar en el banco del fondo. Seguía siendo el único cliente. A los diez minutos, se abrió la ventanilla. Con el escote lleno de migas de pan, asomó la mujer.

–¡A ver! ¿Qué porras quieres?

–Es por lo de la conferencia a Canfranc...

–El resguardo.

–¿El qué?

–¡El papel, porras!

Jacobo le entregó el papel con el número. La telefonista comparó el número de matriz con el de la única hoja que tenía sobre la mesa. Lo comparó cuatro veces, cifra por cifra.

–Aquí está. Conferencia a Canfranc, Huesca, ¿verdad?

–Sí, eso es.

–¡Toma! ¡A la primera! ¡Para que luego hablen mal de nuestra eficacia! Tendrás que esperar. Tiene demora.

Jacobo se sentó nuevamente en el banco del fondo.

A los veinte minutos, entró un señor mayor que caminaba con ayuda de un bastón.

–Señorita Porras... La conferencia a Almería que pedí la semana pasada, ¿sigue teniendo demora?

–¡El resguardo! –ladró la telefonista. Y un minuto más tarde, volvió a hablar–. Su conferencia tiene una demora de la porra, don Cástulo. Y como a la una y media cerramos para comer, será mejor que vuelva por la tarde.

–Bueno..., a ver si hoy hay suerte –dijo el hombre, con resignación, antes de salir.

Aquello desanimó definitivamente a Jacobo.

Sin embargo, hacia la una y cuarto, la telefonista asomó por la ventanilla.

–¡A ver! –gritó–. ¿Quién ha pedido una conferencia con Canfranc, Huesca?

Jacobo, que seguía solo en el banco, miró a su alrededor y alzó la mano.

–¡El resguardo! –gritó la mujer.

Se acercó Jacobo hasta la ventanilla y le entregó el papel, que ella estudió detenidamente.

–Cabina dos –le indicó, al fin.

Jacobo corrió hacia la cabina situada en el centro y descolgó el auricular.

–¿Hola, hola? –dijo, esperando oír la voz de una de sus hermanas. Pero lo que oyó fue la voz de la telefonista.

–¡He dicho cabina dos, mendrugo!

Jacobo, muy confundido, salió y buscó el número. En efecto, cada cabina lucía una pequeña cifra de latón en el costado izquierdo. El orden era 3, 1, 2.

Cambió de cabina y descolgó.

–¡Hola, hola!

–¡Aún no! –aulló la telefonista–. ¡Atención Huesca estación Canfranc! ¡Aquí Palencia central Frómista! ¡Hablen!

–¿Valencia central qué? –dijo una voz lejana, que Jacobo reconoció de inmediato.

–¡Manuela! ¡Manuela, soy yo, Jacobo!

–No oigo nada... ¿Valencia?

–¡Manuela!

–¿Oiga?

–¡Hablen!

–¡Manuelaaa! –gritó Jacobo, a todo pulmón–. ¿Me oyes, Manuela?

–¿Abuela? ¿Qué abuela?

–¡Hablen!

–Si ya hablo, pero no me oye.

–Grita más.

–¡No puedo gritar más! ¡Me voy a quedar ronco!

–Pues tú verás...

Jacobo llenó de aire sus pulmones.

–¡¡Manuelaaa!! –gritó, haciendo temblar la lámpara del techo–. ¡¡¡Que soy Jacobooo...!!!

De repente, algo hizo clic en la línea y todo se solucionó.

–¿Jacobo? ¡Jacobo, eres tú!

–Sí, sí, soy yo. ¿Me oyes, por fin?

Manuela se emocionó tanto como Jacobo. Hablaron un

corto rato mientras Fulgencio, el mozo de maletas, corría a avisar a la familia.

Acudieron todos a la estación. Jacobo felicitó a su madre, que se echó a llorar. Luego, habló con Gabriela y Cósima; y con Bartolomé. Al final, incluso su padre se puso al teléfono, y eso que el señor Bailo, como buen montañés, era hombre de pocas palabras.

Fue todo muy bonito.

–¿Qué le debo de la conferencia?

–Veinticinco pesetas –respondió la telefonista, que ya se había vestido para salir cuando Jacobo terminó de hablar.

–Tenga –dijo Jacobo, entregándole una moneda–. Disculpe: usted... ¿no tendrá, por casualidad, un pariente que trabaja de guarda en una central eléctrica, cerca de Logroño?

–¡Pues claro! Mi hermano Martín. ¿Lo conoces?

–Digamos que... me tropecé con él hace unos días.

–¡Vaya! ¿Y qué tal está?

–Pues... como una porra.

–Me alegro por él. Hala, fuera de aquí, que tengo que cerrar.

Décima octava jornada

DE FRÓMISTA A CARRIÓN DE LOS CONDES

sábado, 16 de octubre

SALCHICHAS Y PASODOBLES

Jacobo no llevaba la cuenta de la distancia que había recorrido desde que salió de casa. Por eso, no podía saber que aquella mañana, nada más abandonar la villa de Frómista, rebasó justamente la mitad del camino entre Canfranc y Santiago: 427,5 kilómetros.

Desde la jornada anterior, Jacobo atravesaba la comarca llamada Tierra de Campos. El camino seguía siendo llano como la palma de la mano y discurría casi siempre paralelo a la carretera nacional N-120, que más que nacional parecía comarcal, sin apenas tráfico, estrecha, bacheada y flanqueada por olmos centenarios. Una tirilla de asfalto entre campos infinitos.

De Tierra de Campos, lo que más llamó la atención de Jacobo fueron los palomares, grandes como molinos de viento sin aspas.

La etapa de aquel día terminaba en Carrión de los Condes.

Era sábado y, frente al albergue de peregrinos, se había montado un tinglado para celebrar un baile.

Jacobo alquiló una habitación individual y, como era el único huésped, no tuvo que guardar turno para la ducha. Luego cenó en un comedor chiquito decorado con las cabezas disecadas de un venado y un corzo, ambos con la lengua fuera, que a Jacobo le dieron muy mala espina.

Cenó Jacobo inquieto –sopa castellana, croquetas y flan– tratando de ocultarse de la sonrisa malévola y las miradas de cristal de los bichos.

Tras la cena, se acostó pronto.

La música de pasodoble lo fue arrullando. La banda municipal atacaba *Amparito Roca* cuando sintió que el sueño le vencía; pero, en el último segundo, justo antes de cerrar definitivamente los párpados, tronó un vozarrón amplificado.

¡EL SALCHICHAAAUTO! ¡EL SALCHICHAAAUTO...!

Jacobo dio un respingo. Quedó sentado en la cama, con los ojos como platos y el corazón acelerado.

–¡¿Qué demonios ha sido eso?! –gritó, alarmado.

Se acercó a la ventana. Justo enfrente, acababa de abrir su mostrador el Salchichauto.

El Salchichauto era una furgoneta DKW –de aquel modelo que tenía los faros como ojos de besugo– convertible en un puesto de venta de bocadillos de salchichas y decorada con una enorme salchicha de Frankfurt sobre el techo. Jacobo lo había visto el verano pasado, en las fiestas de Canfranc. Pero ahora, además, el Salchichauto lucía, a los pies de la enorme salchicha, dos grandes altavoces, que apuntaban directamente hacia su ventana.

¡EL SALCHICHAAAUTO...!

Jacobo se metió de nuevo en la cama y trató de conciliar el sueño. Estaba tan cansado que supuso que lo lograría sin problemas.

Pero no fue así.

¡EL SALCHICHAAAUTO! ¡EL SALCHICHAAAUTO...!

Se metió la punta de un calcetín por cada oreja y se envolvió la cabeza en la almohada.

¡EL SALCHICHAAAUTO...!

Jacobo se sentó al borde de la cama, se quitó los calcetines de las orejas y se los puso en los pies. Se vistió y bajó a la calle.

–Perdone, pero no me deja usted dormir.

El salchichautero se encogió de hombros.

–Tengo que vocear la mercancía, chico.

–Si le compro un bocadillo de salchicha, ¿me promete callar durante media hora?

El hombre se rascó la mejilla.

–Dos bocadillos, diez minutos de silencio.

–Veinte minutos –regateó Jacobo.

–Trato hecho. ¿Con mostaza y tomate?

–Con todo.

Con sus dos bocadillos, Jacobo regresó al albergue. Habría tenido tiempo de dormirse, pero los bocadillos tenían una pinta tan apetitosa que decidió comérselos a toda prisa. Cuando terminó, quedaban solo ocho minutos de silencio. Eructó largamente y se metió en la cama. Y estuvo a punto de lograrlo. Pero cuando ya le invadía el sueño, se cumplió el plazo.

¡EL SALCHICHAAAUTO! ¡EL SALCHICHAAAUTO...!

Jacobo volvió a vestirse y bajó a la calle, de nuevo.

–¿Qué tal las salchichas, chaval? ¿A que estaban buenas?

–De muerte. Oiga, ¿cuántos bocadillos pensaba vender esta noche?

El hombre frunció el ceño.

–La cosa está floja, pero al menos una docena, seguro.

–Muy bien. Yo le compro doce bocadillos, usted cierra el puesto y nos vamos los dos a dormir, ¿le parece?

–Es un buen trato –reconoció el salchichófer–. La verdad es que me caigo de sueño.

Cuando Jacobo se marchaba cargado con dos enormes bolsas de bocadillos, escuchó de nuevo, a sus espaldas, el megáfono del salchichauto:

¡ESPEEERA, CHAVAL! ¡VUEEELVE AQUÍ!

–¿Qué ocurre? –preguntó Jacobo.

–En el recibo de compra te ha salido premio.

–¡Qué bien! ¿Y cuál es el premio?

–¡Un bocadillo gratis!

¡LAS OFERTAS DEL SALCHICHAAAUTO!

Jacobo depositó sus trece bocadillos sobre la mesa del comedor del albergue y se metió en la cama de nuevo. Durmió mal, desasosegado por pesadillas sin cuento en las que grandes salchichas de Frankfurt le cantaban *Amparito Roca* al oído hasta hacerlo enloquecer. Se acordó del consejo de su madre al salir de Canfranc: «De grandes cenas, están las sepulturas llenas».

> Esta mañana, al levantarme, he comprobado que, de los trece bocadillos que anoche dejé sobre la mesa, solo quedaban los envoltorios y algunas migas. Los albergueros niegan habérselos comido, y en el albergue no hay otros huéspedes.
>
> Así que un nuevo misterio jalona desde hoy el Camino de Santiago.

Pero la explicación era bien sencilla.

Si Jacobo hubiese mirado con atención las cabezas disecadas del corzo y el venado, habría sin duda descubierto leves manchas de tomate y mostaza sobre sus rosáceas lenguas de cartón piedra.

Decimonona jornada

DE CARRIÓN DE LOS CONDES A SAHAGÚN

domingo, 17 de octubre

JACOBO Y LA GENTE

Jacobo se levantó tarde al día siguiente.

Le esperaba una larga etapa, así que desayunó un tazón de leche con ColaCao y cuatro magdalenas en la cocina del albergue y se echó a la calle.

Tras oír misa en la iglesia de Santa María del Camino, salía ya del pueblo cuando un toque de claxon le aceleró el pulso. Al mirar hacia atrás, descubrió el Salchichauto, con sus faros de besugo.

–¿Vas hacia Sahagún? –le preguntó el salchichautero.

–Eso es.

–Yo también. Si quieres, te llevo.

–Gracias, pero el Camino hay que hacerlo andando.

–Al menos, déjame invitarte al almuerzo.

Y el hombre le entregó un bulto grande, envuelto en papel de estraza.

–Es el Especial Salchichauto. Con cebolla dulce y mostaza de Dijon, Francia.

–Muchas gracias.

–No las merece. Has sido mi mejor cliente desde hace meses. Si tuviera uno como tú cada día, en poco tiempo podría cumplir mi sueño: comprarme un salchicamión.

–Seguro que lo conseguirá.

–Tan seguro como que llegarás a Compostela. ¡Buen camino, chaval!

–Buenas ventas, amigo.

Aceleró el salchichauto carretera adelante. A unos trescientos metros, pastaban tranquilamente unas vacas. Cuando llegó a su altura, el hombre tomó el megáfono y les gritó a todo pulmón:

¡EL SALCHICHAAAUTOOO...!

Y las pobres vacas huyeron despavoridas.

Durante esa y las siguientes jornadas, no ocurrió nada destacable. El tiempo se había serenado y un sol otoñal acompañó a Jacobo en su discurrir por el noroeste de Castilla, siempre hacia el poniente.

Como aquellos días pasaron sin pena ni gloria, también nosotros los vamos a contar con ligereza. ¿Os parece?

Vigésima jornada

DE SAHAGÚN A MANSILLA DE LAS MULAS

lunes, 18 de octubre

CUCAÑA

Casi no hubo nada destacable en la siguiente etapa, salvo que Jacobo apuntó en su libreta los muy curiosos nombres de Bercianos del Real Camino y Calzadilla de los Hermanillos.

Sin embargo, sí pensó más tarde, tras cenar en la fonda Felipa de Mansilla de las Mulas –que tampoco es mal nombre–, en una leve anécdota que le aconteció en Bercianos, cuando un grupo de chicos y chicas le pidieron ayuda para alzar una enorme cucaña en el centro de la plaza de su pueblo. Tras emplearse a fondo en la tarea, la fuerza de Jacobo causó tal admiración entre la chiquillería del lugar que todos lo miraron con asombro.

–¿De dónde vienes? –le preguntó una niña de apenas siete años.

–Soy de Canfranc.

–¡Eso está en Francia! –exclamó entonces el único chico que llevaba gafas y que, sin duda, era el empollón de la escuela.

–No, no está en Francia. Está en los Pirineos, pero en este lado, en Aragón.

Para aquellos chicos a los que nunca volvió a ver, Jacobo se convirtió desde ese día en el gigante del Pirineo que pasó un día por su pueblo y los ayudó a levantar la cucaña. Con los años, Jacobo acabaría siendo recordado por aquellas tierras como un ser de leyenda, a la altura, si no por encima, de Roland de Picardía o del tremendo Galtusor de Fierabrás.

Vigésima primera jornada

DE MANSILLA DE LAS MULAS A LEÓN

martes, 19 de octubre

CALEIDOSCOPIO

Emprendió Jacobo la jornada siguiente con la ilusión de llegar a León.

Todos decían que entre Burgos y León se ponía a prueba la determinación de los peregrinos por llegar a Compostela. Pueblos pequeños y distancias enormes, siempre el mismo paisaje, con muchas millas ya en las piernas pero aún lejos del objetivo final. Lo más duro del Camino. Una vez en León, ya casi se podía vislumbrar la raya de Galicia, última parte del trayecto. Y entrados en Galicia, ya nadie se rendía porque Santiago te empujaba por su tierra hacia el destino.

Alcanzar León era como tener por la mano la victoria sobre el Camino.

Tras dejar Mansilla por el puente sobre el Esla, Jacobo no esperaba nada de aquella jornada, salvo eso: alcanzar la capital. Sin embargo, tuvo una inesperada alegría cuando, cerca

de Arcahuéjar, vislumbró a lo lejos el penacho de humo producido por una locomotora de vapor. Puede parecer cosa de poco, pero desde el día en que perdió el *trenico* en Estella por culpa de la huida de los caracoles, no había vuelto a ver un tren. El pueblo de Jacobo nació gracias al tren y todos sus habitantes son grandes enamorados del ferrocarril. Tras tantos días de sequía ferroviaria, ver un tren, aunque fuera de lejos, ensanchó el alma de Jacobo.

Por la tarde, tras coronar el alto del Portillo se encontró con la vista de la ciudad de León, donde se destacaban las torres de su famosa catedral. A primera vista, le pareció menos grandiosa que la de Burgos. Pero una vez en su interior, Jacobo pasó casi dos horas sin poder cerrar la boca, pasmado de asombro.

Las vidrieras de la catedral de Santa María de la Regla son de una belleza inconcebible. Estar sentado en el silencio de la nave principal mientras la luz del sol se filtra por los miles de pequeñas piezas de cristal de todos los colores es algo fascinante. ¡Como sentirse dentro de un caleidoscopio! Nunca lo olvidaré.

Próximo a la plaza de San Marcos, llamó la atención de Jacobo un cartelón sujeto al primer piso de una casa con solera en la avenida de don Suero de Quiñones.

PENSIÓN
SÁNCHEZ-HUÉSPEDES
★ ★
HUÉSPEDES

La pensión de doña Herminia Sánchez-Huéspedes sorprendió a Jacobo. Además de su amplitud, contaba con lavadora automática y televisor en la salita de estar. Todo un lujo en aquella época.

Vigésima segunda jornada

DE LEÓN A HOSPITAL DE ÓRBIGO

miércoles, 20 de octubre

EL VERDADERO PASO HONROSO

Salió al día siguiente Jacobo de León ligero como quien se acaba de quitar un gran peso de encima. Aún no estaba en Galicia, pero su ánimo era ya el de quien se enfrenta a la última parte del Camino. Un camino que discurría plácido, alfombrado de hojas húmedas, por un territorio precioso.

Atravesó pueblos chiquitos con nombres muy bellos, como Oncina de la Valdoncina y Villar de Mazarife. Y, a media tarde, divisó un frondoso bosque de ribera, anuncio de la cercanía del río Órbigo.

El puente sobre el Órbigo era, antiguamente, el más largo del Camino, al menos en tierras de España.

Esto se lo aseguró a Jacobo un arriero con ganas de conversación llamado Candelario, quien también le habló de las hazañas del caballero don Suero de Quiñones.

–¡Hombre! –exclamó Jacobo–. El que tiene calle en León.

–Ese mismo –corroboró Candelario–. Y un buen ejemplo de que la vida ociosa perjudica el buen sentido. Allá por el año treinta y cuatro del siglo quince, el tal don Suero, no teniendo nada mejor en lo que entretenerse, se plantó en este puente lanza en ristre, dispuesto a retar en duelo a cuantos caballeros pretendiesen cruzarlo. Tal fue su empeño que los peregrinos acabaron por denominarlo «el Paso Honroso».

A Jacobo se le iluminó el rostro con cierto recuerdo: «¡Alto, grandullón! Este es el puente del Paso Honroso...». Recordó la pelea a pedradas con aquellos chavales de Logroño, el rumor del Ebro saltando el azud, la cristalera de la central eléctrica haciéndose añicos, la persecución a que lo sometió el guarda Martín Porras...

¿Cuánto hacía de aquello? ¿Diez años? ¿Cien?

Tras hacer la cuenta, descubrió con sorpresa que solo habían pasado doce días. Pero el Camino es así. Todo en él parece estar conectado de algún modo.

Dado que no había gastado ni un duro en toda la jornada, al llegar a Hospital de Órbigo, Jacobo decidió cenar como es debido. Eligió para ello el restaurante Avenida, que no debía su nombre a ninguna ancha calle, sino a la enorme crecida del río Órbigo en la Navidad del año 1961.

Le atendió una muchacha ciertamente hermosa, con una sonrisa tan radiante y leonesa que a Jacobo se le enganchaba en ella la mirada todo el rato. Una vez más, se encontró comparándola con la de Rosario. Quizá en sonrisa ganaba la de aquí, pero, en conjunto, salía vencedora, una vez más, la gitanilla de Berdún.

–De postre, tenemos cuajada –le dijo la chica al retirarle el segundo plato.

Al oír aquello, a Jacobo se le ocurrió un piropo extraño: «¿Cuajada? ¡Tú sí que estás cuajada!». Pero, en el último momento, decidió callarse la boca. E hizo bien.

Durmió Jacobo esa noche en el hostal Honroso, pero no soñó con don Suero de Quiñones, sino con Rosario y la chica de la sonrisa leonesa disputando un duelo a caballo y lanza. Y en ese sueño se veía a sí mismo, vestido de dama antigua, aguardando el resultado del combate.

Mira que son raros los sueños, ¿eh?

A veces.

Vigesimotercia jornada

DE HOSPITAL DE ÓRBIGO A ASTORGA

jueves, 21 de octubre

ASTORGA DE CINE

Jacobo tenía ante sí una etapa cortita, de poco más de quince kilómetros. Estaba tan ansioso por llegar a Galicia que incluso valoró la posibilidad de hacer dos de un tirón y alcanzar ese día Rabanal del Camino; pero Astorga era una ciudad grande, la única de importancia durante varios días, y quizá fuera un buen sitio para cumplir un deseo que rondaba la cabeza de Jacobo desde que salió de Burgos: quería ir al cine, por primera vez en su vida. El año pasado, sus hermanas ya lo habían hecho, aprovechando una visita a Jaca, y volvieron hablando maravillas.

Tras cuatro horas de camino, llegó Jacobo a la capital de la comarca de la Maragatería. Entró en la ciudad por la travesía de Minerva y preguntó a un guardia municipal si en Astorga había cine.

–Muchacho, en Astorga hay nada menos que cinco salas de cine: el Gullón, el Capitol, el Tagarro, el Asturic y el Velasco.

Aquello abrió de par en par la boca de Jacobo, y le abrió también un abanico de inusitadas posibilidades.

Primero, comió en un restaurante económico, en la calle de la Puerta del Sol. Después, buscó una por una las cinco salas tomando nota mental de las películas que ofrecían y del horario de los pases. Finalmente, se decidió por el teatro Velasco, el más antiguo de la ciudad, donde echaban *Doctor Zhivago*, la misma que sus hermanas habían visto en Jaca.

Y, en efecto, pudo comprobar por sí mismo lo bonita que era la música y lo guapos que eran Julie Christie y Omar Sharif.

La película era muy larga y, aunque de la historia de Zhivago y Lara no entendió gran cosa, cuando salió a la calle, cerca ya de las diez de la noche, lo hizo con los ojos enrojecidos. Durante la última media hora de proyección Jacobo se había hinchado a llorar, aunque, eso sí, procurando que no lo notasen los demás espectadores.

Vigésima cuarta jornada

DE ASTORGA A RABANAL DEL CAMINO

viernes, 22 de octubre

LA MARAGATERÍA

Antes de abandonar Astorga, Jacobo compró seis postales de la zona en una papelería de la rúa de los judíos; y sellos en el estanco.

Luego, emprendió la marcha adentrándose en esa comarca de nombre tan rebuscado: Maragatería. No le sonaba bien y le costaba pronunciarlo.

Sin embargo, a las primeras de cambio ya se enamoró de sus paisajes y, sobre todo, de sus pueblos, pequeños, con casas de paredes de piedra y techos de pizarra. De uno a otro, el camino ganaba altura y pronto hicieron su aparición los robles y los helechos.

EL CRISTO DE LA VERA CRUZ

Cerca ya del final de la etapa, se topó Jacobo con una pequeña iglesia rodeada de robles. Estaba cerrada, pero unas mujeres que jugaban a los bolos junto a sus muros le informaron de que se trataba de la ermita del Bendito Cristo de la Vera Cruz.

Invitaron a Jacobo a jugar y no lo hizo mal, por cierto. Contaban los puntos de un modo distinto a como lo hacen en el Pirineo. Pero, a fin de cuentas, de lo que se trata es de tener maña y puntería. Si derribas muchos bolos, al final ganas, igual en Astorga que en Canfranc.

RABANAL

No había posada ni pensión ni albergue en Rabanal del Camino, pero algunos vecinos daban alojamiento en sus casas por muy poco dinero.

Jacobo llegó a un acuerdo con la familia Morales de Arcediano. Arnaldo y Fortuna eran maragatos de pura cepa, aún jóvenes pero ya con cuatro hijos, a los que habían bautizado con nombres tan visigóticos y poco habituales como los suyos propios: Tadeo, Catalina, Gaucelmo y Regulinda.

Los Morales de Arcediano ofrecieron a Jacobo para cenar el famoso cocido maragato, que viene a ser igual que la mayoría de los cocidos de otros lugares de España, con la peculiaridad de que los platos se sirven en orden inverso: se empieza por la carne para seguir con verduras y legumbres y se termina con la sopa.

Como tras cenar cocido no conviene acostarse de inmediato, Jacobo y sus seis anfitriones echaron un par de partidas al juego de la oca. En ambas, el de Canfranc terminó en el laberinto.

Vigésima quinta jornada

DE RABANAL DEL CAMINO A PONFERRADA

sábado, 23 de octubre

LA CRUZ DE FIERRO

Tras despedirse por la mañana de los Morales de Arcediano y salir de Rabanal, Jacobo encaró, entre piornales, retamas y brezos, la ascensión al Irago, el punto más alto del Camino, en cuya cumbre se alza la milenaria Cruz de Ferro –o de Fierro, como dicen los leoneses– sobre una altísima pilastra levantada junto a una ermita y rodeada de un enorme montón de piedras que los peregrinos van arrojando allí, una por una, desde hace siglos.

Según la leyenda, en los primeros años del Camino cada peregrino debía llevar una piedra de su pueblo para ayudar a construir la catedral de Compostela. Pero tras la dura subida al monte Irago, muchos arrojaban allí su piedra, hartos de cargar con ella. Como la catedral ya está terminada, ahora la tradición es buscar una piedra de los alrededores y dejarla allí, a los pies de la Cruz.

Tras ello, Jacobo siguió el sendero que discurría por la cresta del monte durante unos diez kilómetros más, disfrutando de preciosas vistas. Por fin, al rebasar la localidad de El Acebo, el camino comenzó a descender de manera vertiginosa. Pasó Jacobo momentos de apuro porque, en algunos tramos, la pendiente era tan empinada y el sendero tan estrecho que a punto estuvo de rodar monte abajo. Finalmente, todo quedó en un par de dolorosas culetadas.

PONFERRADA

Ponferrada era una ciudad minera, negra y grande, con dos estaciones: la de RENFE y la de un ferrocarril industrial que la unía con Villablino.

Precisamente muy cerca de la estación del Ponferrada-Villablino, encontró Jacobo alojamiento en el hostal Osmundo.

Tras registrarse, Jacobo salió a conocer la ciudad y, al pasar junto a las instalaciones ferroviarias, un detalle llamó su atención: frente a uno de los tinglados de mercancías vio aparcados diversos automóviles, alguno de ellos ciertamente lujoso. Había un modesto Fiat Balilla y dos Seat 1500, pero también un impresionante Renault Fregate negro y, el más llamativo, un taxi con matrícula de Segovia de color azul celeste, de un modelo que Jacobo no reconoció, aunque, al acercarse, pudo leer la palabra «Panhard» sobre la parrilla del radiador.

–¡Qué bonito...! –reconoció Jacobo, acariciando la aleta delantera.

Jacobo se preguntó qué hacían todos aquellos coches aparcados ante un lugar tan solitario cuando descubrió el rótulo, pintado a mano.

PULPERÍA VILLABLINO

Especialidad en pulpo a feira

Jacobo se acercó a la puerta, la empujó y echó un vistazo al interior.

En efecto, era un antiguo almacén ferroviario reconvertido en sidrería. Lo primero que le llegó a Jacobo fue una bofetada de olor, mezcla de madera húmeda, creosota, humo de tabaco y sidra derramada.

Habría allí no menos de cuarenta personas, en torno a sencillas mesas de madera y sillas de formica. La mayoría, sin embargo, se arremolinaban con cierto alboroto alrededor de una de ellas, situada al fondo, en el rincón derecho. Se acercó lentamente, sintiendo cómo las suelas de sus *maripís* se adherían en cada paso al chabisque de sidra que cubría el suelo.

–¡Pero si el Camino de Santiago no pasa por Segovia, hombre de Dios! –aseguraba un hombre canoso, cerveza en mano, entre risas.

–Ahora no, pero antes... ¡claro que pasaba!

–¿Antes de qué?

–Antes de que se hiciera el acueducto.

–¡Pero si el acueducto lo hicieron los romanos!

–¡Eso son patrañas, amigo mío! El acueducto de Segovia... ¡lo construyó el diablo!

Una serie de exclamaciones, mayoritariamente femeninas, reclamaron de inmediato una explicación. Oculto por la barrera que formaban sus admiradores, Jacobo no podía ver al hombre que era el centro de atención. Pero aquella voz...

–Cuenta la leyenda que los peregrinos, al llegar a Segovia, paraban siempre a beber en una fuente milagrosa, cuya agua aliviaba todas las dolencias y, en especial, las de los pies, y salían de allí con las fuerzas renovadas y la determinación inquebrantable de llegar a Compostela.

Jacobo se había acercado al grupo; se alzó de puntillas y, por encima de las cabezas de los oyentes, lanzó una mirada sobre el narrador de leyendas. Sus sospechas quedaron confirmadas.

Era Falgás, el perdulario.

En el pie izquierdo aún calzaba la *maripí* comprada en Sangüesa. En el derecho, sin embargo, lucía una chancleta. Un sonriente muchacho le entregaba en ese momento un culín de sidra, que él apuró de un trago antes de continuar.

–Aquella fuente milagrosa lo era también de disputas entre Santiago y Lucifer. Una noche, el diablo decidió acabar con ella mediante una gran demostración de su poder. Sacó del infierno a cien mil condenados, cargó a cada uno de ellos con una enorme piedra y, entre todos, construyeron durante la madrugada el acueducto de Segovia, desviando por él el curso del agua, y secando la fuente. «Supera eso si puedes, Santiago», le desafió el ángel caído. Y el apóstol aceptó el reto. «Tú has cambiado el curso del manantial –dijo– pero yo cambiaré el curso del propio camino. ¡Y sin ayuda!» Y, en efecto, pertrechado tan solo con un martillo y unos clavos, Santiago se echó al camino y... ¡cambió de

lugar los rótulos indicadores! Desde entonces, el Camino se apartó de la ciudad de Segovia, convirtiendo así en baldío el esfuerzo de Lucifer y sus cien mil condenados. Eso sí, a los segovianos les vino de perlas la disputa, pues ahora pueden presumir de tener uno de los monumentos más famosos del mundo.

La falsa historia de Falgás fue celebrada con grandes risas y aplausos.

–Y aún conozco otra leyenda más –aseguró el catalán–. La de que el mejor pulpo a la gallega no se come en Galicia, sino... en Ponferrada. ¡Aquí, en la pulpería Villablino!

Todos los presentes estallaron en una ovación inmensa y, de no se sabe dónde, aparecieron cuatro camareros con sendas tablas colmadas de patatas cocidas, rodajas de pulpo, aceite, pimentón y sal gorda.

–¡La casa invita! –exclamó el dueño.

Tras la cuchipanda cefalópoda, cuando los admiradores de Falgás se hubieron dispersado, Jacobo quedó allí, plantado ante él, sonriendo.

–¡Hombre, Jacobo de Canfranc! –exclamó el catalán al reconocerlo.

Y ambos se fundieron en un abrazo.

–He oído que vienes de Segovia. ¡Y en taxi, nada menos!

–¡La maldición continúa! Me extravié, una vez más –dijo Falgás, alzándose de hombros–, y no me percaté de ello hasta que me topé de bruces con el acueducto.

–A lo mejor necesitas un compañero de viaje para llegar a Compostela sin perderte de nuevo.

Falgás sonrió.

–A lo mejor.

Vigésima sexta jornada

DE PONFERRADA A VILLAFRANCA DEL BIERZO

domingo, 24 de octubre

EL TIOVIVO BÚLGARO

Muy temprano, Jacobo acudió a misa en la basílica de la Encina, para cumplir con la promesa hecha a su madre de no faltar ningún domingo. Luego, de regreso al hostal Osmundo, despertó a Falgás, que aún dormía a pierna suelta, tras haberse zampado la noche anterior cuatro monumentales raciones de pulpo por una apuesta de última hora.

Jacobo desayunó fuerte para hacer la etapa del día de un tirón y se pusieron en camino. Poco antes, Falgás había pagado la cuenta de ambos al hostalero y no permitió que Jacobo abonase su parte.

Al poco de iniciar la marcha, Jacobo sentía curiosidad.

–Ayer llegaste en taxi desde Segovia y ahora me pagas el hostal. ¿Cómo es eso? ¿Acaso te sobra el dinero, Falgás?

Falgás sonrió.

–Mi familia posee un buen negocio allí de donde vengo, en Sabadell.

–¿Qué tipo de negocio?

–Caballos.

–¡Qué casualidad! –exclamó Jacobo–. Yo tengo vacas lecheras.

–¡Qué suerte! Nuestros caballos no dan leche; solo dan vueltas.

–¿Cómo que dan vueltas? ¿A dónde dan vueltas?

–Al tiovivo. Vueltas y más vueltas.

–¡Ahora lo entiendo! De modo que tu familia tiene una fábrica de caballitos para tiovivos.

–Bueno, en realidad, los caballitos los fabrican en Italia. Es que los caballitos italianos son los más elegantes del mercado.

–¡Ah! Entonces, tu familia... ¿qué fabrica? ¿Los tiovivos?

–No, no. Los tiovivos los hacen en Bulgaria. No hay nada como un buen tiovivo búlgaro. Nosotros instalamos los caballitos en los tiovivos y les ponemos un rótulo que dice: «Tiovivos Falgás. Los mejores del mundo».

Jacobo sonrió, admirado.

–¡Qué listos! ¿Y todos los catalanes sois así?

–Bueno... la generalidad.

Y así, entre conversaciones tan extrañas como esa, los veinticuatro kilómetros de la etapa se les pasaron volando.

Entraron en Villafranca del Bierzo mediada la tarde y tuvieron tiempo sobrado para visitar la localidad, incluida la calle del Agua y sus imponentes palacios.

En el albergue había botillo para cenar, pero Falgás lo rechazó de plano por no haber digerido todavía el pulpo de Ponferrada y solo se comió un flan.

Vigésima séptima jornada

DE VILLAFRANCA DEL BIERZO
A O CEBREIRO

lunes, 25 de octubre

Salieron al día siguiente de Villafranca por la calle del Espíritu Santo, tras cruzar el puente sobre el río Burbia. Ya en las afueras, acertaron a pasar por un comercio ante cuyo escaparate se detuvo Falgás, extasiado.

CICLOS EXCELSIOR

VENTA Y REPARACIÓN DE BICICLETAS

–MATERIAL NACIONAL Y DE IMPORTACIÓN–
Distribuidor exclusivo para El Bierzo de manillares Atax

–¿Qué pasa? –preguntó Jacobo.

Falgás miró a su alrededor y habló bajo.

–Pasa que estoy harto de caminar, Jacobo. Me duelen los pies, los tobillos y las rodillas. ¡Y se me acaba de ocurrir una idea! Lo que nos queda de Camino... ¡lo vamos a hacer en bicicleta!

–¿Qué? Pero... pero eso está prohibido.

–¿Prohibido? ¿Quién lo dice?

–Hombre... esto es el Camino de Santiago. Camino, de caminar. Si se pudiera hacer en bicicleta se llamaría la Clásica Ciclista de Santiago o algo parecido. Vamos, digo yo.

–¡Bobadas!

El dueño de la tienda, don Federico Martín Pinchazo, era un ciclista semiprofesional retirado que se frotó las manos al verlos entrar.

–Queremos dos bicicletas de segunda mano –dijo Falgás–. Son para ir de aquí a Santiago.

–¿Por carretera?

–No, no: por... por el Camino.

Don Federico sacó del bolsillo un metro de costura, se acercó a Jacobo y midió la distancia del suelo a su entrepierna.

–¡Uf...! Para el chico va a ser difícil, pero creo que podré encontrar algo en el almacén del sótano. Esperen un momento.

–¡Oiga! ¿Y a mí no me mide? –preguntó Falgás.

–No. Usted es un tipo normal. De talla normal, quiero decir.

La única bicicleta que podía adecuarse a las dimensiones de Jacobo resultó ser una enorme Orbea negra, del año del charlestón, con el cuadro de hierro y frenos de varilla, de los que se usaban en la época de Fausto Coppi.

–¿Qué te parece, chavaluco? ¡Una joya! Dieciséis kilos de materiales de primera. Ya no se fabrican bicicletas así, hoy en día.

–Afortunadamente, imagino.

–¡Ja! ¡Muy agudo!

Salió Jacobo con su bici de la tienda y recorrió la calle de arriba abajo.

–Como un guante –aseguró Martín Pinchazo–. Justo de tu medida. Y no era fácil, ¿eh?

–¿Y para mí, qué? –preguntó Falgás.

–Para ti, tengo mucho donde elegir.

Y, en efecto, lo había. Y entre todo lo que había, el catalán eligió una bicicleta Mercier, modelo Simonetta, de señora, pintada de rosa, con guardabarros de madera, parrilla trasera y un cestillo colgando del manillar.

–Me gusta –dijo Falgás–. Tiene personalidad. Oiga, pero... ¿no tiene estos modelos con cambio de marchas?

–Por supuesto que no –respondió don Federico–. Cambio solo llevan las bicicletas de carreras. Para ir por caminos, con un solo piñón van que chutan.

LLANEANDO

Los primeros kilómetros de la etapa eran prácticamente llanos, de modo que avanzaron con rapidez y comodidad, incluso echando carreras y haciendo risas.

–¿Qué te dije? –preguntó Falgás–. Ya verás como nos copian pronto la idea y, en unos años, hay más gente haciendo el Camino en bicicleta que andando.

–Sigo pensando que es hacer trampa.

A la salida de Portela llevaban tanto adelanto sobre el horario previsto que se permitieron añadir una pequeña excursión para ver las ruinas del castillo de Auctares.

Sin embargo, cuando ya casi tocaban el final de la etapa con los dedos, se toparon con algo inesperado: los últimos siete kilómetros, a partir del pueblo de Las Herrerías, se convertían en una rampa continua de más de un diez por ciento de desnivel.

Durante los primeros cien metros, Jacobo y Falgás dejaron de hablar. En los siguientes doscientos metros, apretaron los dientes y tiraron para arriba. Pero antes de cumplir medio kilómetro de ascensión, tuvieron que echar pie a tierra. Jacobo se rindió el primero; Falgás intentó seguir, pero llegó un momento en que ni alzando el trasero del sillín y cargando todo su peso sobre el pedal, lograba hacer avanzar su Simonetta. Y, por fin, cayó al suelo, como un fardo, sin llegar a descabalgar.

El sendero trepaba monte arriba, serpenteando.

–¿Qué hacemos? –preguntó Jacobo.

–¿Qué vamos a hacer? Empujar las bicicletas. No vamos a dejarlas aquí, con lo que nos han costado.

Si hacer simplemente andando esos siete kilómetros ya habría sido duro, trepar por semejante senda empujando aquellas bicis antediluvianas resultaba una auténtica proeza. Avanzaban a paso de pulga.

–Se nos va a hacer de noche –vaticinó Jacobo–. ¡Tú y tus ideas!

El paisaje era precioso, pero Jacobo y Falgás no estaban en situación de admirarlo. Y menos que lo estuvieron al aparecer la niebla, con la caída de la tarde.

Llevaban más de una hora de penosa ascensión, arrastrándose como limacos, cuando Falgás descubrió un herrumbroso rótulo de chapa, doblado y apenas legible, junto a un mojón del camino.

BENVIDOS A GALIZA
A SANTIAGO 152 KM

–¡Albricias! –exclamó Falgás–. ¡Ya estamos en Galicia!

–De eso, nada –replicó Jacobo, de mal talante–. Yo aún sigo en León.

–Venga, maño, no seas aguafiestas.

Jacobo resopló, tomó de nuevo su Orbea por el manillar, la empujó hacia delante y, tras dar dos pasos, cruzó la invisible frontera.

–¡Ya está! ¿Lo ves? –dijo Falgás, palmeándole el hombro–. A partir de ahora, todo será más fácil. Estamos en la tierra del santo. Casi lo hemos conseguido.

META

Entraron en O Cebreiro de noche cerrada, guiándose por la luz de cuatro farolas tristísimas y por la que escapaba de las ventanas de las casas.

Por suerte encontraron un pequeño bar abierto, El berberecho alegre, y el dueño accedió a darles cena y habitación.

Una cena que resultó tan alegre como el berberecho gracias a Falgás, que hizo reír a todos los parroquianos narrando su ascensión ciclista hasta O Cebreiro con toda suerte de exageraciones.

Mi opinión sobre Falgás va y viene del desprecio a la admiración. No he conocido a nadie como él. Mientras empujábamos cuesta arriba nuestras malditas bicicletas, le habría escachado la cabeza con un pedrusco. Pero ahora debo admitir que nadie es capaz de afrontar los malos tragos con tanto optimismo como él lo hace. Con todos sus defectos, a mí me parece un gran tipo.

Vigésima octava jornada
DE O CEBREIRO A TRIACASTELA
martes, 26 de octubre

O CEBREIRO

Amaneció un día limpio.

Jacobo y Falgás iniciaron la jornada pedaleando por un camino estrecho, bellísimo, entre prados, acebos y avellanos. De cuando en cuando avistaban una palloza, las construcciones circulares de piedra y tejado de paja de los primitivos habitantes de la zona.

La etapa presentaba dos ascensiones: al alto de San Roque y al alto do Poio, que, comparadas con la subida a O Cebreiro del día anterior, les parecieron poco más que tachuelas.

Cercano el punto medio de la etapa, mientras recorrían la sierra do Rañadoiro, se toparon con una manada de perros asilvestrados de muy fiero aspecto. La jauría seguía a un perrazo enorme, al que Jacobo le calculó no menos de cincuenta kilos. Por suerte, los perros lobo se limitaron a mirarlos con indiferencia. Suficiente, en todo caso, para que Jacobo y Falgás apretasen las posaderas y el ritmo de su pedaleo.

Tras dejar atrás Hospital da Condesa, afrontaron un descenso peligroso, entre abedules, robles y helechos, que los depositó, con las manos doloridas de tanto apretar los frenos, en los arrabales de Triacastela, que, en castellano, significa «de los tres castillos».

EL MESÓN DEL PEREGRINO

Pese a no ser villa importantísima, Triacastela contaba con muchos servicios para los peregrinos, incluida una cárcel. Y, por supuesto, el famoso Mesón del Peregrino, un caserón enorme y laberíntico, que parecía sacado de alguna de las *Novelas ejemplares* de Cervantes.

Hacia allí orientaron Falgás y Jacobo los manillares de sus bicis.

El precio era módico y pidieron alojamiento de inmediato. Ocuparon habitaciones muy separadas, por estar el mesón casi completo, y quedaron para cenar, aunque Falgás apareció en el comedor con media hora de retraso, tras haberse extraviado dentro del enorme edificio.

La cena resultó inmensa, imposible para su reducido coste: berenjenas rellenas, pastel de carne, gallina trufada con ciruelas albardadas y helado de naranjas, de postre.

LEYENDAS

Pero el verdadero postre que ofrecía el mesón era la reunión diaria, tras la cena, en la que los peregrinos rivalizaban por contar las más siniestras leyendas traídas de sus tierras de origen.

En este apartado, los gallegos tenían justa fama. Jugaban con la ventaja de pertenecer a una tierra cuajada de misterios, fábulas y personajes mitológicos.

Aquella noche, en torno a una chimenea central en la que ardían varios grandes troncos, se contaron las leyendas de la iglesia sin campana, la de los estudiantes y el alma en pena, la de la calle de Válgame Dios y la muy famosa de fray Garín o de la misa de medianoche.

El propio Jacobo se animó a participar, relatando la historia de Olaz, el pueblo fantasma que aparece en todos los mapas pero nadie puede encontrar, porque un pastor gigante que bajaba por el valle de Aezkoa consideró que le estorbaba en su camino y le propinó tal patada que Olaz y todos sus habitantes salieron volando sin que nadie haya podido dar con ellos desde entonces.

De las contadas por sus compañeros, la que más gustó a Jacobo fue la del hombre que vendió su sombra al diablo a cambio de la salud para su hijo enfermo. A su muerte, pese a haber llevado una vida virtuosa, el hombre no pudo entrar en el reino de los cielos, donde solo Dios, que brilla con luz propia, carece de sombra. Y desde ese mismo día, el alma errante del hombre atormentó a su hijo cada noche, hasta hacerlo enloquecer.

Fue tras esa historia cuando Falgás pidió turno y todos le atendieron.

Comenzó por subirse a un arcón y, desde allí, brazos en alto, declamó:

¡Era un simple clérigo, pobre de clerecía;
dice cutiano missa de la Sancta María;
non sabía decir otro, dicela cada día;
más la sabía por uso que por sabiduría!

Tras esta sorprendente declamación en cuaderna vía, el catalán comenzó a narrar, con mucho trajín y aspaviento, la leyenda de Sasamón Núñez, clérigo en una pequeña aldea de la sierra de la Fuencándida. Era Sasamón hombre humilde y de pocas luces, tan ignorante que solo sabía decir una misa. Todos los días del año, fuese Domingo de Ramos o el Corpus Christi, decía la misa de Santa María. Pero lo hacía con tanta devoción que su pequeña iglesia siempre se le llenaba de fieles. Enterado el obispo de Burgos de este caso, lo mandó llamar y, tras comprobar que leía con torpeza y no sabía de música ni latines, lo ridiculizó públicamente y lo despidió de su cargo. Por la mañana, cuando se disponía a dejar su iglesia para siempre, se encontró con que la propia Madre de Dios, a lomos de un corcel blanco, lo esperaba en la puerta.

–Deja de lloriquear, Sasamón, que nos vamos tú y yo a Burgos –le dijo.

A última hora de la mañana, entraban ambos en la ciudad ante el asombro y la devoción de los burgaleses. Avisado el obispo Lozano, bajó a esperarlos a la puerta de su palacio. Tan nervioso estaba, que lo hizo sin soltar el muslo de pollo que comía en esos momentos.

Y allí, la Virgen María, ante todos sus fieles, sin permitirle ni abrir la boca, afeó su proceder al prelado mediante una larga bronca que concluyó con estas duras palabras:

¡E tú serás finado hasta el trenteno día;
desend verás qué vale, la saña de María!

–Ante tamaña amenaza, el obispo no se lo pensó dos veces –concluyó Falgás– y restituyó de inmediato al clérigo en su parroquia. Dicen que el prelado no pegó ojo hasta que se cumplió el plazo de treinta días, llegado el cual no murió, pero sí fue trasladado de forma forzosa a la diócesis de Tarazona para que allí aprendiera modales.

Tras los aplausos, se inició entre los peregrinos más devotos la discusión teológica de si es admisible que la Santísima Virgen pueda llegar a proferir amenazas de muerte y nada menos que contra un obispo.

Pero Falgás y Jacobo decidieron que el nivel de la disputa era muy alto para ellos y se retiraron a sus aposentos.

Vigesimonona jornada

DE TRIACASTELA A BARBADELO

miércoles, 27 de octubre

LA LLUVIA

Esa noche empezó a llover. Y el cielo de la mañana siguiente, oscuro como un mal presagio, prometía agua para días.

Jacobo y Falgás, protegidos bajo sendos impermeables, abandonaron el mesón a lomos de sus bicicletas por la puerta de carruajes, como modernos caballeros andantes.

Jacobo seguía con su idea de que hacer el Camino en bicicleta era jugar con ventaja. Lo pensó hasta esa mañana, en la que se convenció de que pedalear sobre su mastodóntica Orbea podía resultar muchísimo más duro y sacrificado que ir a pie.

La lluvia volvió el terreno casi impracticable. Las ruedas traseras de sus bicis escupían barro sobre sus espaldas. Cualquier rampa se convertía en un sufrimiento, y lo que perdían en las subidas no lo recuperaban en las bajadas, donde el riesgo de perder el control y acabar en el fondo de un barranco los llevaba a extremar las precauciones, avanzando a paso de penitente.

Por fin, a última hora de la tarde, alcanzaron Sarria, importante localidad. Sin embargo, Falgás pretendía seguir adelante.

–¡Pero si este es el final de la etapa! –protestó Jacobo.

–¡Hay que seguir! A Santiago hay que llegar en domingo, de manera que tenemos que hacer cuatro etapas en tres días. Continuaremos hasta Barbadelo.

–¡Ni hablar!

–Solo son tres o cuatro kilómetros más, Jacobo.

–¡He dicho que no!

Barbadelo olía a musgo, a manzana cocida y a castañas asadas, salvo el albergue, que olía a perro mojado, por lo que Falgás se ofreció de nuevo a pagar el alojamiento de ambos. Eligieron la pensión Anduriña.

En el patio de la casa, ocupando parte del corredor de entrada y el hueco bajo las escaleras, había un pequeño taller de guarnicionería:

BERNABÉ TEIXEIRA

TRABAJOS EN CUEROS

— NO SE FÍA —

Al verlo, Jacobo recordó que llevaba un tiempo usando el último agujero de su cinturón y empezaba a tener problemas.

Teixeira era un hombre tranquilo y canoso.

Jacobo lo encontró dando las últimas puntadas a una flamante silla de montar.

–Necesito que me haga dos o tres agujeros más en este cinturón. Se me ha quedado grande y se me caen los pantalones.

Bernabé Teixeira miró a Jacobo y luego extendió la mano.

–A ver.

Examinó el cinturón y señaló el tercer agujero.

–Te lo abrochabas aquí, ¿verdad?

–Sí.

–¿Cuánto hace de eso?

–Un mes. Cuando empecé a andar el Camino.

–Pues te ha probado bien.

Ya no dijo Teixeira nada más. Tomó un punzón y un martillo de mango renegrido y perforó dos agujeros más, en el lugar preciso pero sin tomar medida alguna. Luego, desmontó la hebilla, cortó con una cuchilla un buen trozo de cinturón y volvió a montar la hebilla.

–Listo.

Jacobo se lo probó.

–Estupendo. Me va muy bien. ¿Qué le debo?

–*Na.*

De aquella etapa, a Jacobo le habría gustado visitar el célebre monasterio de Samos, donde se venera a los santos Julián y Basilisa. Pero como esto no fue posible, lo apuntó en su libreta por si, en el futuro, tenía la ocasión.

Trigésima jornada

DE BARBADELO A OS LAMEIROS

jueves, 28 de octubre

AS CORREDOIRAS

Seguía la lluvia.

De aquella jornada, Jacobo recordaría las aldeas. Parroquias y concejos minúsculos que aparecían en el camino, uno tras otro, tan apretados como las cuentas de un rosario.

En treinta y cinco kilómetros, atravesaron treinta y una de aquellas pequeñas poblaciones.

Salieron al amanecer y llegaron al caer de la tarde, entre la niebla, al borde del agotamiento. Los últimos kilómetros, desde que cruzaran el río Miño en Portomarín, habían sido de nuevo cuesta arriba.

Os Lameiros era un pueblo pequeño, sin albergue, así que tomaron habitación en la fonda Basilisa.

Como curiosidad, les llamó la atención que en el patio de la casa, ocupando parte del corredor de entrada y el rincón bajo las escaleras, había un pequeño establecimiento ya cerrado al público.

CERRAJERÍA SOUSA

SE ATIENDEN URGENCIAS

Teléfono 6

– ESTA CASA NO FÍA –

En esta zona, entre aldea y aldea, los prados
están limitados por paredes de piedra
y el camino discurre encajonado por estas,
alfombrado de hierba entre robles
y castaños milenarios. Estos tramos son
preciosos y aquí los llaman «corredoiras.

Al releerlo, tumbado en la cama, Jacobo tachó la palabra «milenarios», que le pareció exagerada, y la sustituyó por «centenarios». El papel estaba húmedo y el bolígrafo no escribía bien.

Se arrebujó en las sábanas, que también estaban húmedas.

Igualmente húmedo se hallaba el ánimo de Jacobo. Tanta lluvia...

Pero solo faltaban dos días para la meta.

Pensó que le costaría dormirse, por culpa de la humedad.

Pero no fue así.

Trigésima primera jornada

DE OS LAMEIROS A MELIDE

viernes, 29 de octubre

PERDULARIO HASTA EL FIN

La lluvia arreciaba.

Pese a ello, salieron Jacobo y Falgás de Os Lameiros con buen ánimo.

Aún no habían recorrido una docena de kilómetros cuando vivieron un suceso que convenció a Jacobo de que el perdulerismo de Falgás no era de este mundo y seguramente ni el santo sería capaz de acabar con él.

Tras dejar atrás Palas de Rei, el camino se volvía favorable, por carreterillas y *corredoiras.* Sin embargo, pasada la iglesia de San Xulián, al afrontar un repecho, Jacobo vio cómo su compañero se rezagaba.

–¡Ánimo, Falgás! ¡Que hoy te veo flojo!

–No sé qué me pasa. Es como si solo tuviese la mitad de mis fuerzas.

Al coronar, Jacobo echó pie a tierra y se volvió hacia el catalán.

–¡Para! –le gritó–. ¡Para, insensato! ¿Es que no ves que has perdido un pedal?

Falgás retiró con el dedo el agua de lluvia de sus gafas y miró hacia el suelo. En efecto, el pedal izquierdo de su Simonetta había desaparecido.

–¡Atiza!

–¡Ahora me lo explico todo! ¡Serás perdulario!

Volvieron atrás más de un kilómetro sin hallar ni rastro del pedal.

Al final, tras mucho discutir, decidieron seguir adelante. En Porto do Bois encontraron un taller mecánico donde les hicieron un apaño con el mango de un paraguas y una chispa de soldadura.

Quiso la suerte que, en Melide, en la casa de huéspedes donde finamente se alojaron, ocupando parte del corredor de entrada y el rincón bajo las escaleras, hubiera un pequeño negocio:

XAN CARBALLO
REPARACIÓN DE BICICLETAS

TAMBIÉN TRICICLOS Y MONOCICLOS
— HOY NO SE FÍA, MAÑANA SÍ —

Aquella noche, desde el balcón de su habitación, mientras observaba los nidos abandonados por las cigüeñas encima de los tejados de la torre de la iglesia de Sancti Spiritus,

Jacobo pensó en su familia y se le hizo un nudo en la garganta.

El Camino lo había endurecido y enseñado mil cosas nuevas, pero, en el fondo, seguía siendo un chaval del Pirineo que cuidaba vacas.

Trigésima segunda jornada

DE MELIDE A PEDROUZO

sábado, 30 de octubre, San Alonso Rodríguez, viudo y portero

UN CARRO LLENO DE CASTAÑAS

Seguía la lluvia.

Jacobo y Falgás afrontaron aquella penúltima etapa con excelente ánimo, pese a saber de antemano que sería una de las más duras. Era larga, de perfil quebrado y azotada por el mismo tiempo inclemente de los últimos tres días. Sin embargo, saber que tenían Santiago al alcance de la mano suplía sus ya mermadas fuerzas.

Avanzaron sin disfrutar apenas del paisaje ni de la conversación. Se detuvieron a tomar un café con leche en un bar de Arzúa, más por escapar de la lluvia unos minutos que por descansar. Luego, continuaron sin parar hasta el alto de Santa Irene, ya muy cerca del final de la etapa.

Al coronarlo, aunque todavía con el cielo del color del plomo, dejó por fin de llover y pararon para tomar aliento.

La niebla, bajísima, parecía un almohadón de plumas cosido al fondo del valle. El silencio resultaba sobrecogedor. A un lado, un crucero de piedra que representaba a un Cristo junto a una Dolorosa chiquitita.

–Casi lo hemos logrado, maño –dijo Falgás, en un susurro–. Pedrouzo está ahí abajo, entre la niebla, a cuatro kilómetros. Y llegar mañana de allí hasta Santiago está chupado.

En ese instante, sin aviso, les llegó desde el fondo del valle un sonido espantoso, una suerte de gemido escalofriante y larguísimo.

–¿Qué ha sido eso? –preguntó Jacobo, con el corazón encogido.

Falgás no contestó. Y, segundos más tarde, lo oyeron de nuevo.

Una suerte de rugido, espantoso e interminable, que reverberaba en las laderas de los montes. El quejido agónico de un gigante herido de muerte.

–Viene de abajo, de la niebla –dijo Jacobo.

–Eso parece, sí.

–¿Y tenemos que adentrarnos por ella?

Una vez más, escucharon aquel sonido aterrador. Ahora les pareció el mugido furioso del Minotauro.

–Qué remedio. No nos vamos a quedar aquí hasta que anochezca.

–¡No, no! Eso desde luego que no.

Reanudaron la marcha, con el miedo metido en el cuerpo. Conforme descendían, la niebla convertía en blancos espectros los troncos de las hayas. Y, de cuando en cuando, se repetía aquel sonido terrorífico, al que ahora se añadían los irritantes chirridos de los frenos de sus bicicletas, creando un concierto capaz de crispar los nervios a un monje budista.

De pronto, Falgás sonrió.

–¡Demonios, Jacobo! Ya sé de qué se trata. No tengas miedo. ¡Vamos, vamos!

–¿No me lo vas a explicar?

–¡Abajo! –exclamó Falgás, acelerando–. ¡Cuando lleguemos al pueblo!

En efecto, entrando a Pedrouzo vieron detenido a un lado de la calzada un enorme carro tirado por bueyes y cargado hasta los topes de sacos de castañas.

–¡Ahí tienes a nuestro Minotauro! –exclamó Falgás.

–¿Eso?

–Caí en la cuenta al escuchar los chirridos de los frenos de nuestras bicicletas. Los lamentos que escuchábamos no eran sino los frenos de este carro pesadísimo, el rugido de las zapatas húmedas contra las llantas de metal de sus ruedas.

Jacobo tuvo que admitir que era una buena explicación. Y empezó a comprender por qué los gallegos eran tan amigos de las leyendas y las supersticiones. Allí, hasta las cosas más sencillas parecían venir envueltas en un forro de misterio.

Intentaron alojarse en el famoso albergue de Arca do Pino, pero estaba completo, así que Falgás se rascó de nuevo el bolsillo para pasar ambos la noche en la posada do Carmo, un caserón situado en la salida hacia Bama. Por cierto que, ocupando parte del corredor de entrada y el rincón bajo las escaleras, había un pequeño negocio:

AGUSTÍN PARDIÑAS
AFILADOR
SÁBADOS POR LA TARDE, CERRADO
–SOLO SE FÍA SÁBADOS POR LA TARDE–

Jacobo pasó la tarde en su cuarto, escribiendo las postales prometidas a lo largo del Camino.

Primero, claro, a su familia. Luego, a las chicas de doña Pilar, y en especial a Consuelo; a Frías, el guardagujas de Pancorbo; a don Benjamín Fernández-Miquelarena, quien lo empujó definitivamente a hacer el Camino; y, la más arriesgada, pensando en Rosario, a don Juan de Dios, el patriarca gitano del río Aragón. Por cierto que, con solo esos magros datos, la tarjeta llegó, en apenas dos semanas, a las manos de su destinatario. Y aunque don Juan de Dios no sabía leer, yo sé, de buena tinta, que conservó aquella postal durante el resto de su vida.

Trigesimotercia jornada

DE PEDROUZO A SANTIAGO

domingo, 31 de octubre

MONTE DO GOZO

La lluvia había cesado definitivamente.

Jacobo y Falgás se despertaron al amanecer, emocionados y ansiosos, y decidieron no esperar más.

El camino era favorable, y en menos de una hora estaban desayunando en Labacolla, junto a la capilla de San Roque. Y de allí, a todo pedal, hasta el monte do Gozo, desde donde los peregrinos atisban las tres torres de la catedral por vez primera.

Jacobo dejó caer la Orbea y solo musitó una corta frase:

–Aquí estoy, Santiago.

Permanecieron allí unos minutos, en silencio, hasta que apareció un grupo de peregrinos belgas que a Jacobo le resultaron conocidos. Cuando los belgas empezaron a dar voces en flamenco, Falgás y Jacobo montaron de nuevo en las bicis, dispuestos a afrontar, ahora sí, los últimos kilómetros del Camino.

SANTIAGO

Llegaron frente a los muros de la ciudad vieja atravesando el antiguo barrio de Concheiros. Conduciendo ya las bicis de la mano, continuaron por la rúa de San Pedro y, tras cruzar la Puerta del Camino, se internaron por callejuelas estrechas, con nombres que evocaban noches de secretos y leyendas: rúa de Ánimas, Azabachería, la Vía Sacra...

Y, por fin, se plantaron ante la catedral. La rodearon por el lado sur, atravesando la Quintana de los Vivos y la Quintana de los Muertos, para desembocar en la plaza de las Platerías, donde se levanta la fachada más antigua del templo.

En aquel punto, Jacobo y Falgás decidieron deshacerse de sus bicicletas. En un rincón de la plaza, vieron a un menesteroso tuerto sentado en el suelo, pidiendo limosna.

–Tenga, buen hombre: para usted –le dijo Falgás.

El tipo alzó los brazos al cielo.

–¿Qué es esto? ¿Una burla? ¡Canallas! ¡Canallas!

En ese momento se percataron de que al tuerto le faltaba, además del ojo derecho, la pierna izquierda.

–Disculpe –se excusó Jacobo–. No nos habíamos dado cuenta...

–¡Canallas...! –repetía el cojituerto.

–Pues, hombre, precisamente a usted mi bicicleta le iba a venir de perlas, porque de vez en cuando pierde un pedal –aseguró Falgás–. Pero, vamos, si no las quiere, se las damos a otro. ¡A ver! –exclamó el catalán, alzando la voz–. ¿Quién quiere un par de bicicletas gratis, de primera calidad y en perfecto estado de revista?

Varios tipos se acercaron al momento.

–¡Yo he llegado antes! ¡Para mí! –dijo un tipo calvo.

–Calma, calma... –pidió Falgás–. Veamos, ¿usted sabe montar en bicicleta?

–¡Yo sí, yo sí! –afirmó el calvo–. Desde los siete años.

–¿Y tú?

–No, yo nunca he tenido una bicicleta –reconoció un joven con barba.

–Pues toma, para ti. Así aprenderás. Saber montar en bici es una de las cosas más necesarias en esta vida.

LA COMPOSTELA

A continuación, se dirigieron a la puerta de Platerías, junto a la que se accedía, tras subir un tramo de escaleras, a un pequeño despacho en el que un cura en edad de jubilarse concedía las Compostelas a quienes demostraban haber cumplido con los requisitos. Se llamaba don Leoncio y se aburría muchísimo con aquel cometido.

Jacobo y Falgás hicieron fila durante unos minutos, en espera de su turno.

–¡Siguientes! ¿Procedencia?

–Yo he venido desde Canfranc, Huesca.

–Y yo desde Montserrat, Barcelona.

Entregaron ambos los certificados reunidos en los diferentes albergues, fondas y posadas.

–¡Caramba! No cabe duda de que ambos os habéis ganado la Compostela. ¡Nombres!

–Jacobo Bailo Iguácel.

–Lucio Falgás Sementé.

–¿Falgás? –preguntó el cura, alzando las cejas–. ¿De Tiovivos Falgás, sociedad anónima?

–Exacto. ¿Los conoce?

–De niño, eran mis favoritos.

–¿Te llamas Lucio? –le preguntó Jacobo, por lo bajo–. ¡Pero si es nombre de pez!

Intervino entonces un peregrino pelirrojo que esperaba tras ellos.

–¡Oiga, oiga, padre! ¡Que estos dos han hecho trampa! Han venido en bicicleta, que los he visto yo. Y eso no vale.

–¿Cómo que no? –protestó Falgás–. ¿Dónde lo dice?

–Además, solo hemos hecho en bici las últimas etapas –aclaró Jacobo.

–¡Sigue siendo trampa!

–¡Lo que es trampa es ganar la Compostela caminando solo cien kilómetros, como tú!

–Las reglas son las reglas. Yo he cumplido.

–Si se trata de andar cien kilómetros, nosotros hemos cumplido mucho más.

Don Leoncio asistía a la discusión con aire divertido.

–¡Caramba! –dijo, finalmente–. Hacía tiempo que no me ocurría nada semejante. Por lo que veo, me va a tocar hacer de rey Salomón.

Examinó el cura con atención todas las credenciales que aportaban Jacobo y Falgás.

–¿Dónde comprasteis las bicicletas?

–En una tienda de Villafranca del Bierzo: Ciclos Excelsior.

–¿Puedes demostrarlo?

–Pues claro. Aquí tengo la factura.

Jacobo se quedó de una pieza cuando Falgás sacó de su

cartera la factura de las dos bicicletas y se la mostró a don Leoncio.

–Está claro que los catalanes sois los mejores para los negocios –admitió don Leoncio–. Doy por sentado que habéis recorrido muchos más de los cien kilómetros exigidos para ganar la Compostela. Y habiendo llegado finalmente a Santiago, en domingo además, sin duda que la merecéis.

Jacobo y Falgás sonrieron y, una vez que el cura hubo completado sus datos, recogieron su flamante Compostela firmada y sellada.

–Aquí tenéis. Además, vuestro caso me hace pensar que habrá que establecer normas claras para quienes hagan el Camino en bicicleta de ahora en adelante.

–Doscientos kilómetros como mínimo estaría bien –propuso Falgás.

–Lo pensaré –dijo don Leoncio–. ¡El siguiente!

Serio como un ajo, se acercó a la mesa el peregrino pelirrojo.

–Usted, no.

–¿Qué? ¡Oiga, mosén, que he venido desde Lavandeira! Ciento un kilómetros y medio. ¡Y andando, no como estos dos!

–Ya. Pero le voy a restar cinco kilómetros por acusica y maledicente, así que no le llega. Hala, otra vez será. ¡El siguiente...!

EL SANTO

Al salir, tras doblar la siguiente esquina, se vieron en la plaza del Obradoiro, ante la fachada principal de la catedral, que los dejó estupefactos con su belleza. Sin prisa, disfrutando el momento, subieron los cuatro tramos de la escalinata, hasta plantarse frente al famosísimo Pórtico de la Gloria.

Justo en el centro, sobre una columna primorosamente labrada, contemplaron una imagen del apóstol Santiago, sentado, sosteniendo un bastón y un rollo de pergamino. Casi en la base de esa columna se apreciaba claramente, como una huella en el barro, el desgaste producido por el roce de los dedos de los peregrinos al llevar a cabo el primer ritual tras su llegada a Santiago. Ocho siglos de caricias.

Jacobo y Falgás, naturalmente, cumplieron con la tradición. Y también, de inmediato, con la de dar tres golpes de cabeza a la figura del maestro Mateo, el «santo de los Coscorrones», constructor del pórtico. Para adquirir así su sabiduría, su constancia y su humildad. Según dicen.

En el interior de la catedral olía a incienso y a cera caliente.

Jacobo y Falgás, impresionados por el ambiente, tomaron asiento en uno de los bancos y esperaron sin cruzar palabra a que terminase la misa en curso.

Luego, ligeramente aturdidos, avanzaron por la nave principal hasta llegar al transepto, y desde el deambulatorio ascendieron por una escalera estrecha que conducía al camarín situado sobre el altar mayor, para así llevar a cabo el último rito de la peregrinación: el abrazo al santo.

Jacobo no olvidó rezarle un padrenuestro rápido al oído, para cumplir con la penitencia impuesta en su día por el padre Miquelarena. Finalmente, le dio las gracias y dos palmaditas en el hombro derecho.

FINAL

(Donde se explica cómo termina
la aventura de Jacobo)

PARADA MILITAR

Al salir de la catedral, vieron que se celebraba un desfile militar en honor de san Quintín. Corrieron para verlo desde unas vallas, muy cerca de la tribuna de autoridades.

Cuando llegaron, desfilaba un tabor de regulares, a paso lento, con sus capas blancas y sus uniformes de color garbanzo.

–¡Pero si llevan una faja roja, como los baturros de mi tierra! –exclamó Jacobo–. ¡Solo les falta el cachirulo!

Eso hizo reír a muchos a su alrededor y consiguió que una mujer que se sentaba en la tribuna se incorporase para ver mejor al joven peregrino.

–No es posible... –murmuró, entonces–. Jacobo, ¿eres tú? ¡Jacobo!

Se volvió Jacobo hacia ella y la reconoció de inmediato.

–¡Tía Victoria!

La tía Victoria se fue hacia él, pisando los pies de ocho comandantes y dos tenientes coroneles con los que compartía fila de asientos.

–¡Qué alegría, sobrino! Vamos, sube, sube aquí. Y tu amigo, también.

Un cabo primero vestido de gala le salió al paso.

–Disculpe, señora, pero esto es la tribuna de autoridades. No puede subir cualquiera.

–¿Le parece poca autoridad el futuro sobrino del general Mantecón? ¡Aparta, pistolo! ¡Subid, Jacobo, subid!

Subieron Jacobo y Falgás a la tribuna, ante la sorpresa de militares y políticos. Tía y sobrino se abrazaron.

–¡Pero qué bien te veo! Oye, ¿qué ha sido de tus gonfletes?

–Decidí pedirle a Santiago apóstol que me los curase. ¡Y ya ves!

–Desde luego: un milagro.

–¿Y tú qué haces aquí, tía?

Doña Victoria sonrió ampliamente.

–¿Recuerdas el día en que fuimos a casa del general Mantecón, allí, en Zaragoza? Pues esa misma semana, me llamó para preguntar por ti... y para invitarme a cenar. Un mes después, estábamos comprometidos. Lo hemos llevado en secreto, pero ahora lo han nombrado comandante general de Melilla, y en cuanto lleguemos allí, nos casaremos. ¡Mira! Por ahí viene.

Se acercaron a la barrera de la tribuna. Con sus pasos cortitos y rápidos, una bandera de la Legión cerraba el desfile. Tras los gastadores –seis tipos grandes como castillos que hacían malabarismos con los fusiles– desfilaban los mandos, encabezados por el general Aurelio Mantecón.

–¡Anda! ¡Si llevan una cabra! –gritó Jacobo–. ¡Como las de don Juan de Dios, el patriarca gitano!

Aquello provocó nuevas risas y que el general se volviese hacia ellos y pusiese cara de pasmo.

Tras el desfile, había un cóctel en el hostal de los Reyes Católicos. Allí se llevó la tía Victoria a Falgás y a Jacobo. Y allí acudió también Aurelio Mantecón.

–¿Quién te acompaña, Victoria? –le preguntó a su novia, tras darle dos besos.

–Este buen mozo es Lucio Falgás.

–¡Hombre, Falgás! ¿De Tiovivos Falgás, sociedad anónima?

–Justamente, mi general –respondió Falgás, estrechando la mano del militar.

–Los mejores tiovivos del mundo, doy fe.

–Gracias, mi general.

–Y este es mi sobrino Jacobo. Te acuerdas de él, ¿verdad?

El general miró a Jacobo de arriba abajo y puso los brazos en jarras.

–¡Pero bueno...! ¿Y a este chicarrón recomendé que lo dieran por inútil? ¡Pero si podría ser gastador de regulares! ¡Esto no se puede quedar así! ¡Anularemos tu inutilidad y harás el servicio militar, como está mandado! ¡Faltaría más! ¡Cuando tu tía y yo lleguemos a Melilla, te reclamaré para que te incorpores al Tercio Gran Capitán!

–Ni caso –dijo la tía Victoria, haciéndole al general una carantoña que habría ruborizado a un sargento chusquero–. ¡Hala, chicos! Vamos a zamparnos otra ronda de croquetas, que están de muerte.

Dieciséis croquetas más tarde, Jacobo y Falgás decidieron despedirse.

–¿Cómo vais a volver a casa? –preguntó Mantecón.

–En el Shanghái, mi general –respondió Falgás.

–¿Qué es eso? –quiso saber Jacobo.

–El expreso que va de Galicia a Cataluña. Lo llaman así por el título de una película. Y tiene parada en Zaragoza, así que haremos juntos el viaje hasta allí. Y, por cierto, nos marchamos ya. Suerte en Melilla, mi general.

–Suerte en la vida, chicos.

–Adiós, tía Victoria. Que seas muy feliz –dijo Jacobo, dándole dos besos.

–Gracias, sobrino. A tu madre llévale recuerdos, que pesan poco.

–De tu parte. Y, oye, tía... ¿le puedo contar lo de tu boda?

La tía Victoria sonrió.

–Anda, sí, díselo tú. Así me ahorro la conferencia.

–Adiós, mi general –dijo Jacobo, cuadrándose.

Mantecón le dio un marcial apretón de manos.

–Hombre, Jacobo, teniendo en cuenta que dentro de poco serás mi sobrino político, no hace falta que uses el tratamiento militar. Puedes llamarme simplemente «excelencia».

–A sus órdenes.

LA VIDA

Cuando Jacobo y Falgás salieron de nuevo a la plaza del Obradoiro, tuvieron la sensación de que lo hacían a un mundo nuevo, aún por estrenar. Y que su verdadera vida empezaba ahora, tras hacer el Camino, justo en ese instante.

Jacobo localizó un buzón de correos. Después de depositar en él sus postales, preguntaron a una vendedora de recuerdos dónde estaba la estación de RENFE. Y, sin ninguna prisa, se encaminaron hacia ella.

Jacobo pensaba en Rosario. Iría pronto a Berdún.

Las campanas de la catedral llamaban a misa de doce.

La mañana era azul y alegre.

Índice

Fernando Lalana

Fernando Lalana nació en Zaragoza en 1958. Tras estudiar Derecho, encamina sus pasos hacia la literatura, que se convierte en su primera y única profesión al quedar finalista en 1981 del Premio Barco de Vapor con *El secreto de la arboleda* (1982), y de ganar el Premio Gran Angular 1984 con *El zulo* (1985).

Desde entonces, Fernando Lalana ha publicado más de un centenar de libros de literatura infantil y juvenil.

Ha ganado en otras dos ocasiones el Premio Gran Angular de novela, con *Hubo una vez otra guerra* (en colaboración con Luis A. Puente), en 1988, y con *Scratch*, en 1991. En 1990 recibe la Mención de Honor del Premio Lazarillo por *La bomba* (con José M.ª Almárcegui); en 1991, el Premio Barco de Vapor por *Silvia y la máquina Qué* (con José Mª Almárcegui); en 1993, el Premio de la Feria del Libro de Almería, que concede la Junta de Andalucía, por *El ángel caído*. En 2006, el Premio Jaén por *Perpetuum Mobile*; en 2009, el Latin Book Award por *El asunto Galindo*; en 2010, el Premio Cervantes Chico por su trayectoria y el conjunto de su obra, y en 2012 el XX Premio Edebé por *Parque Muerte*.

En 1991, el Ministerio de Cultura le concede el Premio Nacional de Literatura Infantil y Juvenil por *Morirás en Chafarinas*; premio del que ya había sido finalista en 1985 con *El zulo* y del que volvería a serlo en 1997 con *El paso del estrecho*.

Fernando Lalana vive en Zaragoza, sobre las piedras que habitaron los romanos de Cesaraugusta y los musulmanes de Medina Albaida; es decir, en el casco viejo.

Si quieres saber más cosas de él, puedes conectarte a: www.fernandolalana.com

Bambú Grandes lectores

Bergil, el caballero perdido de Berlindon
J. Carreras Guixé

Los hombres de Muchaca
Mariela Rodríguez

El laboratorio secreto
Lluís Prats y Enric Roig

Fuga de Proteo 100-D-22
Milagros Oya

Más allá de las tres dunas
Susana Fernández Gabaldón

Las catorce momias de Bakrí
Susana Fernández Gabaldón

Semana Blanca
Natalia Freire

Fernando el Temerario
José Luis Velasco

Tom, piel de escarcha
Sally Prue

El secreto del doctor Givert
Agustí Alcoberro

La tribu
Anne-Laure Bondoux

Otoño azul
José Ramón Ayllón

El enigma del Cid
Mª José Luis

Almogávar sin querer
Fernando Lalana, Luis A. Puente

Pequeñas historias del Globo
Àngel Burgas

El misterio de la calle de las Glicinas
Núria Pradas

África en el corazón
M.ª Carmen de la Bandera

Sentir los colores
M.ª Carmen de la Bandera

Mande a su hijo a Marte
Fernando Lalana

La pequeña coral de la señorita Collignon
Lluís Prats

Luciérnagas en el desierto
Daniel SanMateo

Como un galgo
Roddy Doyle

Mi vida en el paraíso
M.ª Carmen de la Bandera

Viajeros intrépidos
Montse Ganges e Imapla

Black Soul
Núria Pradas

Rebelión en Verne
Marisol Ortiz de Zárate

El pescador de esponjas
Susana Fernández

La fabuladora
Marisol Ortiz de Zárate

¡Buen camino, Jacobo!
Fernando Lalana